U0948251

秒太刀骨

藤泽周平

秘太刀马骨

〔日本〕藤泽周平

纪鑫 译

译林出版社

目 录

晨霜消融

白炭尽散

马骨毕现

——新井白石

秘太刀马骨

一

小出带刀[1]踱进吩咐近习[2]头目浅沼半十郎在内候着的屋子，一言不发地于上席落座。半十郎见带刀坐定，不等其开口，便先行施礼问候，理当如此。浅沼半十郎出身于号称万年御书院监察官的浅沼世家，去年年底刚被带刀提拔为统领近习的头目。

“您瞧，天不是那么冷啦。”

半十郎姑且以套话寒暄开场，被带刀传来，尚不知有何事体。后天，城中就要召开逢四[3]执政会议，若为此事，带刀尽可在城中随时传半十郎至其公务处。而今日突然派人将自己唤至宅邸中会面，半十郎暗想，一定有急事或是要密谈什么。

因此，他尽量从不冒犯这位上司的角度探问：

“您传卑职来是有什么急事吩咐吗？”

---

1. 带刀：管理“近习”的官员，负责皇太子护卫任务的武官。
2. 近习：侍奉于君主近旁的武士。
3. 逢四：每月逢四号的日子，如四号，十四号，二十四号。

“非也，并无急事。”带刀道。

家老[1]小出带刀六十二岁，身材魁伟却并无赘肉，腰背直挺与壮年人无异。长脸浅黑面皮，一对白眉格外醒目，据说这对又长又白的眉毛便是其长寿之相。

“请你来有事相商。”

带刀说话时，屋子拉门外有人影跪伏，一个年轻女子的声音道：“茶来了。”

“进来。”

随着带刀的话音，半十郎身后的门被拉开，明媚的阳光涌进屋来，一同入内的还有一位女了。门旋即拉合，就在这一瞬间，屋檐落下的水滴撞击地面的嘈杂之声传入半十郎耳中。四五天前下了一场雪，残留于屋顶上的积雪在阳光的照耀下正融化滴落着。

春之声。满脑子不合时宜念想的半十郎忽地感到自己的面庞被一团微温的气息包拢，不禁抬起头来。

年轻姑娘已来到身旁，正为半十郎奉上热茶与点心。幽幽的发油气味，以及仿佛欲将这气味推开的微温体香再次袭来。

---

1. 家老：幕府时代诸侯的家臣之长。

看不清面容，姑娘近乎透明的白净十指赫然在目。

“请慢用。”姑娘低声向半十郎敬茶后又行至带刀身边呈上茶点。这回得见其白皙的侧脸，是个漂亮姑娘。从服饰打扮上看，想是小出家内室的侍女，半十郎正在思忖，奇异的场面映入眼帘。

带刀抓住姑娘玉手，进而搂紧香肩拥入怀中，在其耳边窃窃低语着什么。姑娘双颊羞红，轻轻挣脱开来。窘得半十郎不知往哪里看才好。

“呃，在客人面前失礼了。”姑娘仓皇离去，带刀若无其事道。

那张城中人传说从没露过笑容的脸上，表情一如往常，白眉下锐利的目光投向半十郎。

“是个美人吧？”

“是。”

“年方十八。”带刀道，“打算纳此女为妾，却一直不肯答应，眼下正慢慢调教，可怜一朵鲜花，不忍硬生生摘下。”

“的确如此。”半十郎随声附和，却也甚感荒唐，无法完全理解这位身居高位的上司的心思。

小出带刀接掌了曾兴盛一时的大派阀望月派，的确有些政治手腕，因此尊带刀为派阀之首不会有丝毫不妥。不过，自己此次前来可不是为听带刀说什么纳妾的，半十郎急切地想知道到底有何事相商。

果然，似乎看透了半十郎的疑虑，带刀开口了，语气沉重，出乎意料。

“这话或许多有唐突，老夫极欲再得二三子嗣来延续血脉。”

半十郎垂下双目。原来如此！他瞬时彻底领会了话中含义，带刀语气为何会如此沉重亦不言自明。

小出带刀家中人丁不旺，这在家臣间是人尽皆知的事实。长子、长女相继夭折，好不容易盼得次子出生长大，夫人又病故。虽不久即续弦，新妻却一直未能生育。新夫人名曰满江，性情颇为温和，因此带刀没有解除婚姻关系，而是令其掌管内室至今。

次子生来是个病秧子，现已成年并被立为继承人。虽早早完婚，却在婚典后的五年里不见生下一儿半女。因已查明是次子新五郎不能生育，故也无法将其妻休回娘家，只得维持现状。半十郎心中浮现出的这桩桩件件即为众所周知的小出家的境况。

“以前并未深想这等事情，本想新五郎无论如何都无法生育的话，收个养子也无妨，可近来想法变了。”

带刀像在喃喃自语。

“人上了岁数想法就与年轻时不同了，好坏都要变的，总之不会再像年轻时那样。眼下急欲得子的念头，看似一时鬼迷心窍，实则不愿重蹈望月之覆辙。”

“您所言极是。”半十郎道。

望月家族乃藩内名门，自古以来人才辈出，历代皆有子弟被尊为名家老，在藩内已形成一股隐然势力，雄踞派阀之首。随着时代推移，与之相抗衡的派阀实力也日渐增强。彼时，望月一族的当家人，身居首席家老之职的四郎右卫门隆英因受贿而垮台，虽是保住了派阀之首地位，近年来已江河日下，尽失昔时风光。

接下来发生了六年前的望月四郎右卫门隆安遇刺事件。四郎右卫门隆安家老精明能干，时隔多年，正当望月家族已显现出击败敌对派阀杉原派之威势时，家老隆安却在一个漆黑的夜晚遭人暗算于街头。

随后政变骤起，因藩政的主导权被杉原派夺得，故传言刺杀行动由杉原派主使。同时，也有消息言之凿凿事实并非如此，暗杀密令实乃时任藩主播磨守亲好所下。四郎右卫门隆安虽为近臣，却是望月一门中少有的倨傲狂妄之辈，因而极遭藩主憎恶。

播磨守在事发两年后病死，事件的真相也随之被埋葬于黑暗，但传闻的依据之一就是暗杀发生后望月家族所受处置实在太蹊跷。望月一家贵为建藩以来的名门望族，依照惯例，这等门第即便有丢丑之处、困窘之时，也不至于被彻底除名，理应保留下该姓氏的少量子弟。

然而播磨守却列出四郎右卫门隆安身后无子嗣、身为武士却放松警惕遇刺时没拔刀反击、生前施政有失三大罪状，毫不留情地将望月家族斩尽杀绝。家臣们私下纷纷议论：四郎右卫门大人落得如此下场皆因遭主公厌恶所致。

眼前小出带刀所言不想重蹈望月覆辙者正是此事，尤指后继无人这一桩。不过仅为此念就欲以年过六十之身令妙龄女子生儿育女，应当说也甚为执着。半十郎正为带刀对家门及首席家老地位的强烈贪恋而俯首折服之际，带刀语调陡然一变，切入正题。

二

“近来有人放言，怀疑老夫杀了望月，你不曾听到什么风声？”

“不曾。”浅沼半十郎吃惊地盯着带刀。闻所未闻！

“岂有此理，都是别有用心的无稽之谈。莫非老夫树敌太多？”带刀脸上却很平静。

“是杉原忠兵卫大人？”

浅沼半十郎道出敌对派阀头领的姓名。杉原圆脸盘、大耳垂，一副财神爷的面相，被誉为足智多谋之士，绝非单纯的政治家。

不过，借望月四郎右卫门遭暗杀之机掌控藩政主导权，直到去年底被小出取代的这大约五年半中，杉原忠兵卫治藩有方，证明其长于政治手腕，而非只会搞点权谋的宵小之徒。被小出夺取政权皆因大病缠身，若非如此，忠兵卫掌权的局面必将延续下去。

半十郎听闻挨过寒冬后，前首席家老的病情显著好转，于是不禁提及了忠兵卫的名号，然而小出并未马上点头。

“忠兵卫有嫌疑，不过另有身边之人亦未可知。”

“身边之人……”

“金内、河村之流。”

金内修理位居中老[1]，河村作左卫门则官拜组头[2]，皆为原望月派重要人物，同时也是带刀的同僚。带刀观察着浅沼半十郎的

---

1. 中老：诸藩协助家老统辖政务的执政官。
2. 组头：辅佐各主管理各村事务的官员。

表情，漫不经心地道：

“此辈无时无刻不在伺机谋划，待老夫失势便取而代之。”

“这倒有些意外。”

“非也，绝非意外！都是争权夺势之辈，一丘之貉。”

“……”

“故此，老夫也不得不加强自保，现正欲对往昔一桩旧案略作重新查访。”

“望月大人一案？”

“嗯，近前说话。”带刀颔首道。半十郎膝行向前，带刀压低声音继续道：“此案时至今日，已传得玄妙离奇。”

“……”

“六年前，为望月验尸的是大目付[1]笠松、御医师庭田良伯、御徒目付[2]根岸晋作三人。”

“……”

“据传当时负责验伤的笠松六左卫门低语一声：‘嗬，马骨?!’”

“啊?!”

---

1. 大目付：官职，主要工作是监察诸官员的政务、品行。
2. 徒目付：官职，在目付监督下进行警卫、侦探工作的人员。

“笠松家上辈曾在其宅邸内设置道场，从家臣内收纳弟子五十人之众。何等家世！六左自身任职大目付无暇打理道场，现虽已完全不闻不问，但名家之眼力仍丝毫不差。‘马骨’之称固是奇异，想必乃由伤口推断出的夺命刀法。”

“您可曾询问过笠松大人？”

“当然问过。不过这厮一口咬定不记得曾出此言。如方才所讲，因传言暗杀望月乃先主所为，笠松自会草草平息，也无意追查人犯。事到如今再扯上‘马骨’也只会令其徒生烦恼。”

“极有可能。”

“因此唤你来此。”带刀顿了一顿，引颈紧盯半十郎道，“听闻你是励武馆的知名剑士？”

浅沼半十郎面色一红。励武馆是在藩校里设置的藩属武术道场。半十郎于馆内小有名气乃不争事实，这已是十多年前的旧话。

“陈年旧事了。”

“嗯，陈年与否不得而知，假如某一时期对刀术极度痴迷，是否会对‘马骨’之名有所耳闻？”

“的确有过一两次耳闻。”半十郎道，“所闻仅是传说中的秘太刀，无人亲眼得见，因此卑职亦难判明此刀法是否属实。”

“虚构出来的刀法？”带刀一脸不解，“那何方人士施展此技也无从考究了？”

“并非如此，若只是猜测，倒也有迹可循。听说‘马骨’乃御马乘[1]矢野家的祖传秘太刀，当然此说亦难辨真伪，不过矢野家至今确实仍有刀技习练之地。”

“矢野？”带刀沉吟片刻点头道，脸上的表情像是要努力记起这名为矢野的家臣，“可是樽屋町的矢野？嗬，在那里传授剑术？”

“不知眼下是否还在传授，上辈当家人仁八郎曾被誉为剑术名家。”

“正是此人，半十郎！是不是应当先与矢野会面求证？”

“卑职所知不过是江湖传言……”

“不会不会。”带刀道，“笠松六左卫门的自言自语就是有力佐证。‘马骨’的确存在，而且必定有人以此技暗杀了望月。”

“那您要卑职去会会矢野……”

“非也。”带刀摇头，“现今甥儿自江户来此，秘太刀一事由甥儿查访。只不过银次郎对本地情况一无所知，因此，歇班时即可，你若能陪同甥儿调查，自是极大方便。”

“现唤他进来。”带刀说着，起身行至壁龛旁，从桌上拿起

1. 御马乘：职衔，负责马匹饲养、训练。

一个风铃模样的小钟轻轻摇晃。清脆的钟声顿时响起，拉门外有人前来听命，这次是男子之声。

“传银次郎。”吩咐罢，带刀返回座位，继续刚才的话题。

“既然要追查刺杀望月的秘太刀杀手，当然就不得不考虑面临的风险。若有你一同行动，危险性自当大大降低。”

“您是命卑职保护令甥？”

“非也非也，不必过于紧张。银次郎似是已得所谓神道无念流真传，能够保全自身，你只要在陪同银次郎查访时，暗中关注事态动向就好。”

带刀稍稍伸长脖颈，目不转睛地盯住半十郎。

“查明‘马骨’杀手，对消除杀害望月乃老夫所为这一影响恶劣之谣传极为必要，还不仅如此。”

“……”

“为确保自身不为强敌加害，必须揭穿杀手本来面目，毕竟扳倒望月的幕后真相尚不得而知，一切小心为上。”

言罢，带刀破天荒地笑得面颊扭曲，脸上堆满了无法称之为笑容的笑容。接着，他又加上一句：“一旦水落石出，说不定何时可为老夫所用！”

屋内陷入沉默。半十郎暗想，带刀说过头了。带刀似乎也意识到自己失言。半十郎低下头，听着拉门外屋子近前房檐上落下的水滴以一定的节奏敲击地面的声音。这时，走廊上有人喊声“来啦”，闪身入室。

“啊，让您久等啦！”

进来的是个二十出头的英俊小伙，英俊到令人惊诧世间竟有这等美男子。此人刚一落座旋即张嘴寒暄，江户口音，口齿清晰。带刀的这位外甥用与其清朗的声音和俊朗的外表极不相称的眼神上下打量半十郎，俨然在估量着什么。

三

淡蓝的天空一望无际，近来日渐强烈的阳光依然无遮无拦地照耀着城邑，风相当冷。路过樽屋町，但见家家户户的围墙内冬梅含苞待放，仅有极少数花瓣绽开，大多还是红红的花骨朵儿。

“北方真冷啊！”石桥银次郎感叹道。尽管银次郎还穿着棉衣，仍冻得口唇青紫、脸色煞白，仿佛施了一层粉。“江户眼看就到赏樱季了，没料想这里雪还没化。”

“此地再挨过半个月就好。只要风一停，花儿便一下子全开了。”半十郎道。

本以为不会再降雪，却零星又下了些。春日并未马上到来，前些日子下的雪堆积在路边，黑乎乎脏兮兮，水洼随处可见，阳光在水面上闪耀跳动。

“那个矢野家有道场？”

“没有。宅子不大，拓不出称得上道场之地，不过已许久没来此处。以前是将庭院一角辟为习武场，弟子也有数人。”

“眼下也还习练？”

“前去看看便知。”半十郎道。

矢野仁八郎是一位被誉为高人的剑客，这一点记忆中印象深刻。有关矢野家现在的当家人，除知其名曰藤藏，继承上辈御马乘之职外，其他一概不知。御马乘之家俸禄五十石，最多不过七十石。

少顷，记忆里的宅院闪现面前。“那就是矢野藤藏家。”半十郎道。走进简陋的院门，目光所及之处，前院的一部分与房屋侧旁已被垦为菜地，想是昔日藩内奖励的菜田。即便不被奖励，百石以下的各家各户为补贴家用也争相开垦。当然目前尚在初春，不见青绿之物，积雪融化塌落后的田垄现出身姿，青菜的古株残梗之类遍地皆是。

而在矢野家房屋右侧菜地尽头，见到了别家没有的景象。

宅院一角的平地上矗立着一株罕见的巨大七叶树，其下是用稻草绳围起的一块场地。至于此场地有何用途，瞧瞧立于稻草绳围栏内望向这边的两人便一目了然。一人是位年近五十的汉子，另一人则是个孩童。两人相对而立，此时各自手持木刀，纹丝不动地盯视着这边。

“那就是习武场？”银次郎问道，目不斜视地端详着叶子已落光的七叶树下观察着这边动静的两人。

“正是。雪既已化，想必已清出场地开始练功了。”看看绳上悬挂着的崭新的纸条[1]，半十郎答道。

银次郎关心的似乎并不是那块场地。

“那汉子，就是矢野藤藏？”

“非也，想必是个家仆，矢野的年龄应在在下之下。”

“嗯。”银次郎哼了一声，像是突然没了兴致，视线从习武场移开，迈步走向前方玄关。

因半十郎事先已派人送来口信，矢野藤藏正在等候两人。矢野面色黝黑，看上去三十出头，性情敦厚。黑脸膛是因值守御马厩训练马匹所致。

---

1. 纸条：挂于神前常绿树枝或稻草绳上，是神圣、清静的象征。

“难得歇息一日，前来叨扰，深表歉意。”半十郎道。接着为其引见同行的银次郎：“这位是御留守居[1]石桥濑左卫门次子、母亲乃小出家老胞妹”云云。

“石桥大人因长驻江户官任御留守居，想必你也不认得这位仁兄，名门之后。现有些许事由向你求证，务请鼎力相助。”半十郎措辞谨慎、彬彬有礼，只因接下来的问询，绝非居高临下的盘问，更是基于会涉及门派秘密的顾虑。

对所提问题应答与否，全看矢野心情。因事关敝门秘太刀，与此相关一切事体皆不便告知——若对方这般应对，则此事即告泡汤。

不知是否领会了半十郎这番苦心，矢野抬起低垂的双眼，道声“知道了”。然而随后开始发问的银次郎的态度却相当倨傲无礼，瞬间将半十郎的努力化为乌有。

“你家老爷子也算是个人物，高人嘛！你小子怎样？有两下子？”

矢野藤藏像是被这粗鲁的开场白吓了一跳，吃惊地打量着银次郎，脸上掠过一丝苦笑答道：

“在下不才，难及家父。”

---

1. 留守居：各藩设于江户的办事机构里的职衔。

"哼，看你家现在还有习武场，还在教着嘛！"

"因本藩没有别家传授不传流刀法，在下只教些架势。"

"不传流？嗯……"银次郎点点头，直接进入主题，"'马骨'也是不传流的秘太刀？"

"'马骨'？"眼见藤藏沉稳平静的细长脸儿骤然紧绷起来。藤藏一言不发地盯视了银次郎片刻，问："这个名字，您从何处听得？"

"啊，这你就不必打听了。"

"可是……"藤藏看看半十郎，神情骤变，如临大敌般周身布防，戒备森严。

半十郎为缓和现场气氛，掌心向前摊开轻轻上抬。"府上所传'马骨'秘太刀绝技，我等以前也有所耳闻。若属秘太刀，多半不愿被触及，可否于无大碍处对所问之事适当作答？"

"此乃小出家老命令？"

"哪里哪里，乃在下相求。"半十郎道。

两人问答间，一个十四五岁的婢女模样的姑娘进得屋来，一一上茶后离去。银次郎似乎对两人的对话丝毫不感兴趣，眼睛却紧盯着步出客厅的女子身影。半十郎十分不悦。

藤藏只得妥协，道声遵命。银次郎闻声又迅速转向藤藏。

"'马骨'乃祖父独创秘太刀，并由祖父传于家父。"

“那你家老爷子大人自然也传给你喽？”

“非也。”藤藏看着银次郎，平和地微笑道，“方才已实言相告，在下是家父眼中的不肖弟子，故未获传秘太刀。”

“那肯定传给什么人了吧？”

“恐怕……”藤藏沉吟道。

正如半十郎所担心，矢野藤藏开始在秘太刀周边筑起一道厚厚的高墙。任何门派都不会与人谈论自家秘技，这是可以预见的态度。

“传给什么人，你小子不知？”

“不知。”藤藏盯着银次郎，像是在说这问题很蠢。面对银次郎，藤藏现已占了上风。“完全不知。秘太刀的传授，仅限于家父与受艺者之间，其余人等一概不知。”

“此言有诈！”银次郎道，“其余人等姑且不论，道场之人不会不知。”

“您那样以为？”藤藏道，随后又闭口不言。

“再打听点别的，”银次郎道，“听说你家老爷子大约是在十年前病死的？”

“是。”

“那我想听听当时道场中高徒都有哪几位？”

矢野藤藏再次警觉起来，浑身上下丝毫不敢有所懈怠。

“这不便自在下口中讲出。”

“因何有如此戒心？”银次郎道，脸上浮现出一丝嘲讽，“莫非贵道场连高徒姓名也列为机密不成？”

“非也，只因若是说了，您必将以此对‘马骨’刨根问底，故无法告知。”

“那又如何？”银次郎挑衅道，“从你小子百般隐瞒此事来看，这‘马骨’过去定与什么不可告人之勾当脱不了干系，否则何以如此讳莫如深？”

“这话好生怪异！”藤藏在膝上握紧了拳头，“您究竟何意，愿闻其详！”

“慢着慢着，矢野，息怒！”半十郎赶紧插话进来，“即便讲出门人姓名，银次郎大人不会逼问他们什么，不可能有那等事发生。对秘太刀你无法多言，想必你也有苦衷，故我等拟再探访他处一番，若其他人等同样对此只字不提，那只得作罢。”

“……”

“不过，如当时高徒姓名这等事，就算足下闭口不谈，四下打探一二，也总会搞清楚。”

半十郎不动声色地哄住银次郎，虽为安抚藤藏而出此言，日后却因此刻自己这番话后悔不迭。

矢野藤藏沉思半晌，终于道出五个名字。矢野仁八郎授艺给少数几个弟子时期，身为得意门生辅佐仁八郎的门徒，既有半十郎认识的人物，也有只闻其名而未谋其面的人士。

半十郎道:“年龄上自当多少有些差异。”

“如您所言。自祖父那时的门人算起，有与病故的家父年龄不相上下者；亦有如饭塚孙之丞，师从家父，年龄于在下之下的徒弟。这饭塚可非比寻常，如今依然在歇班时前来协助习练武功。”

“刚才进院……”银次郎插嘴道，“在习武场见到两人。一个六七岁的娃娃，另一人五十上下，都是道场弟子？”

“娃娃乃是犬子。”

“对练者是何人？看来不像门下弟子……”

“是敝宅家仆。”

“瞧他挥持木刀架势，可不只是个家仆吧。”

“庄六也是家父弟子。”

“嗬嗬，老爷子的弟子。”银次郎满腹狐疑，稍稍思量片刻，不依不饶继续追问，“可否告知此人来历？”

“倒是无甚特别需要隐瞒之事。”藤藏道，“庄六乃马场步卒兼子家的寄食叔父。家父将其带来做家仆，一则帮忙料理家务，二则照看前来习武场的弟子们。此人至今仍在敝宅种种青菜、辅导辅导初级门人步法架势，诸如此类。”

“功夫相当了得？”

“哪里话，只当是个有年头的门人，因其对本门技法颇有心得，故委派其陪伴孩童耍耍罢了。”

听藤藏这么一说，银次郎顿时兴味索然地看看半十郎道：“那就此告辞。”

半十郎眼见藤藏紧绷的身体松弛了下来。

来到院内走向正门间，半十郎回首向院角习武场望去，方才那里的两人已不见踪影。雪白的纸条随风摆动。日头已然西斜，冷风比刚才更加凛冽。高大的七叶树在地上投下长长的黑影，黑影尽头已延伸至两人方才所在庭院的中心。

四

半十郎正准备回家，妻子杉江之兄谷村新兵卫探头进了办公房。任职大纳户[1]的妻兄是半十郎年轻时在藩内励武馆一起学

1. 大纳户：职衔，负责公家金银、服饰、用具等的出纳，对诸官员的赏赐物进行管理。

习直心流的同门，迎娶杉江也正因这层关系。

“离城？”谷村新兵卫问。

“嗯。”

“一起走吧，有话要说。”新兵卫说完又对外出归来的半十郎的同僚极为亲切地打招呼，“打扰啦！”

离城的鼓声刚刚响过，来到屋外，院里已挤满了准备出城的藩士。两人走过两道门行至三环广场，这里依然人满为患，任职交易所的藩士还有下级卒吏熙熙攘攘，几乎寸步难行。

穿过这一地段，赶往位于被称为樱马场的城内驯马场对面的三岔路口栅门时，人潮一下子消失了，只有夕阳斜斜地照在二环护城河上，寂静得令人怀疑这是否在同一座城内。当然了，交易所、郡代[1]宅院附近，城正门内的混杂也不过片刻光景，城内很快变得悄无声息、冷冷清清。

两人拖着长长的身影，向三岔路口的栅门走去。天暖暖的，没风。

“天暖了不少。”

“是啊。”半十郎简洁地应答着，心里清楚大舅哥接下来要

---

1. 郡代：职衔，负责协管幕府直辖地的年贡及其他民政工作。

说什么，说了也白说。

果然，新兵卫道："听说杉江又回家了，像是对母亲大人讲在家里孤单难耐，还哭得泪人一般。"

"……"

"母亲大人要我跟你说说，善待杉江。"

"杉江病了。"半十郎道。

约一年前长子病死后，妻子的状况就开始不太正常。连续数日闷声不语，半夜却突然起来，喋喋不休地埋怨儿子夭折是请大夫来迟的半十郎的过错，有时一直唠叨到天亮。半十郎睡眠严重不足，出勤时脑袋还迷迷糊糊，有苦难言。

"既斟字酌句给她讲尽了道理，也悄悄与郎中商量抓些有益舒气解闷的药令她服下，只是无甚效果。"

"什么药？"

"汤药。被那庸医收了许多钱去，却丝毫不见好转，现已停用。"

"依我所见，不是药的问题。"新兵卫道，"你若多宽慰宽慰她，肯定比服药有效。"

"不消你说，一直在宽慰。不信换你新兵卫试试！刚从城里回来，她就把憋了一天的牢骚撒到我身上；到了半夜又拽我起来抱怨不断。就算这样，我也从未对她扬过手。回了娘家却又哭诉家里清冷，这是武士之妻的所作所为吗？她病啦！再怎么宽慰也徒劳！”

“果真如此啊，半十郎。”新兵卫的牛眼斜视着半十郎，“听杉江说你最近歇班时也常常外出？”

“那又怎样？”

“杉江以为你嫌弃她有病，说如今已没了活着的意义，噢，对母亲大人也这么说了。”

“荒唐透顶！”半十郎道，“这是为人妻者该说的话吗？愚蠢至极，岂有此理！”

“那因何事外出？”

“家老大人有事相托。总不能说要在家里照顾媳妇帮不上忙吧？”

“是小出大人？”

“可不！”

“要多长个心眼儿，半十郎！”新兵卫道。

两人穿过三岔路口冠木门[1]处栅门岗哨，来到城外。按规定，此处栅门暮六（下午六点）关闭，其后出入者要凭手牌从小门进出。

---

1. 冠木门：两根木柱上搭一根横木的门。

栅门外，黄昏的斜阳晃得人睁不开眼，阳光从两人前方道路的高坡顶上照射过来。在店铺众多的栅门前，道路岔成三股，购物的人流络绎不绝。两人分开人群，登上坡道。

行至坡顶，眼前是个十字路口，谷村新兵卫在此左转回家，他停下脚步。

“要多长个心眼儿，半十郎。”新兵卫把刚才在栅门内说的话又重复了一遍，“近来到处传言小出派与杉原派又起纷争。”

“这些我都明白。”

“万事明白的结果，就是支持小出家老？”

“是啊，家老大人于我有恩。”

“你被提拔为近习头目，俸禄稍有增加？”

“二十石不能说稍有增加吧？”半十郎冷静地回答。

新兵卫的话中，听得出这位家族世代大纳户的妒意。新兵卫不属于任何派阀，内心很是引以为傲，而在半十郎看来，那只不过因胆小怯懦而在观望罢了。

“俸禄提高，相应也更忙了吧。”新兵卫还在继续这令人不快的话题，“不光是小出大人，上面给的小恩小惠都得如数奉还。贵为家老者尤其善搞权谋，小心莫中诡计！”

“明白。”

"杉江就拜托你了。"言罢，谷村新兵卫转身而去。林立的房屋的阴影将路面涂成了黑色，新兵卫的身影像是倏地融入了那片昏暗之中。

不觉间夕阳西沉，光照急速减弱，寒意顿强。半十郎伫立在十字路口目送新兵卫背影片刻，新兵卫半带妒意的话多少让自己情绪波动。稍事平静，半十郎感觉心里只剩下最后那一句。

正欲前行，半十郎忽地想到什么转过身来，坡下有家售卖杉江爱吃的麦落雁[1]的店铺。

——八成是白搭……

买回去吧，半十郎念叨着，走下刚刚登上的高坡。

五

"您要去哪儿？"杉江问，苍白的脸上现出一丝血色，这丝血色还没来得及染红面颊，转瞬间又沉入皮下，纸一样惨白。

"说过要去樽屋町的矢野家。"

"不是不是，您刚才说的是要去家老大人的宅子。"

---

1. 麦落雁：一种用面粉掺合糖粉、糯米粉制成的干点心。

“是啊，说的是先经小出家老的宅子，有个叫石桥银次郎的人，以前也说过他是家老的外甥，要与这位外甥从那儿一同去樽屋町。别让我一遍遍说啊。”

“樽屋町哪位的家？”

“矢野藤藏，御马乘矢野家。”

“您有什么事儿要去御马乘家啊？怎么也想不出与您的公务有什么相干呀！”

“一言难尽。总之家老大人吩咐下来，不去不成。”

杉江顿了一下，恨恨地盯住半十郎，眼瞅着泪水夺眶而出。

“那您就请便吧！反正您歇班时就是不愿跟家里人待在一起！”

说到这，杉江猛地拉开拉门进了隔壁寝室。没等半十郎回过神来，门又被拉开，三天前半十郎买回的麦落雁被摔向茶间[1]，杉江顺势“砰”一声将门拉紧。

半十郎颓然望着散落满地的点心，忽见茶间与厨房之间的木板门缝隙中有什么一闪而过。身材娇小的人影，想是女儿直江。女儿定是在竖着耳朵偷听茶间里爹娘异样的语声，这可不是该受到鼓励的行为。

---

1. 茶间：邻近厨房的餐厅。

半十郎情绪更加低落。家里主妇一旦生病，好像对全家诸多方面都会造成消极影响。

“阿婆，来一下！”半十郎高声唤来正在厨房忙碌的用人阿笔。善后事宜托付给阿笔后，由仆人伊助送出门外。阿笔是个年近五十的女佣，非但手脚麻利不知疲倦地操持着所有家务，夜里还纺纱织布，教直江一些针线活。

阿笔生于附近村庄，曾嫁给城中手艺人，离婚后来浅沼家做佣工。自那以后二十多年一直侍奉浅沼一家。半十郎对自己还是个孩子时就来家里的阿笔非常依赖。半十郎有时甚至忧心，从杉江现在的状况看，若没有阿笔，这个家是否还能维持下去。

外面多少有些寒意。铅灰色的云层布满天空，仿佛又回到了冬日。没风，只是微微感到一丝彻骨的寒气。北方的春天并非一下子就显山露水，而是在进退反复间到来的。

离开家门有一阵子，半十郎为妻子只能说仍然异常的状态烦闷不已。俄顷之间，出了居住的街町来到流经市内的河边，半十郎的心绪开始转向小出家老。家老想从半十郎口中听到此前与矢野藤藏会面的经过，而对外甥银次郎好像不甚信任。

说到底，就是以保护人的身份监视银次郎的所作所为，半十郎现在这样理解自己的职责。能深得小出家老信任，心里着实痛快。不过距今日商谈时刻已迟了许久，皆因安慰妻子耽搁了时间。杉江这婆娘，半十郎暗骂，不但不能帮衬丈夫，还净拖后腿！

半十郎快步跨过一座桥，沿河边道路向北稍稍走了一段后左转。这里已是武家町，由此再往里一条街即为小出家老宅邸所在的若松町。半十郎脚步更快了。

虽是疾步如飞，石桥银次郎却早已离开宅邸，而且家老本人今天也因急事登城去了。一个相识的家丁迎出来告知半十郎，又加上一句：

“老爷反复叮嘱一定要与浅沼大人同行，可银次郎少爷还是在老爷离府后马上出了门。”

闻听此言，半十郎旋即奔出家老宅邸。约莫小半刻（三十分钟）的迟误，不知会造成何等无法挽回的损失，半十郎心里忐忑不安。

他重新回到沿河路，自此再向北走。跨过刚才那桥更下游的另一座桥后，返回河对岸。这一带是町人町。半十郎横穿过人群密集的街道进了小巷，从这里向樽屋町一路小跑过去。

抢步跨进矢野藤藏家门的半十郎立刻意识到自己不祥的预

感确已应验。院角习武场上，有两人手握木刀对峙而立，毋庸赘言，正是矢野藤藏与石桥银次郎。两人都已扎紧袖带、缠牢头巾，将衣服左右下摆撩起掖在开口处。

看得出这绝非小吵小闹后的木刀比试，而是正儿八经的较量。令半十郎不解的是两人为何手持木刀而非竹刀，若落刀位置不当，双方都可能受致命伤。暗暗思忖着悄声向前的半十郎，突然停下脚步，感受到了习武场周遭扑面而来的强烈杀气。

半十郎环顾四周，见仆人兼子庄六挺立檐下。庄六一动不动地盯着习武场中的对峙双方，脸上没有任何表情，只是痴痴地望着比武双方。庄六手里没拎家伙，常年耕地的指掌粗糙厚实。

半十郎将目光投向习武场。两人还保持着半十郎刚跨进院子时的姿势。藤藏正眼[1]架势，而银次郎将木刀贴近右肩，摆出八双[2]迎战。两人都纹丝不动。

——庄六的那副表情……

莫非有点慌了手脚？半十郎正琢磨时，胶着的空气一下子迸发开来。双方同时大喝一声，出招的是银次郎。藤藏转身间上磕对方木刀，步法流畅。两人紧接着跨步对攻，藤藏木刀疾

---

1. 正眼：剑道中刀尖对准对方眼睛的姿势。
2. 八双：垂直地持刀于自身右前方，刀尖向上。

速击中银次郎前臂的同时，银次郎的木刀则打中藤藏胸膛。半十郎眼见银次郎身形一沉间旋即跃起，木刀向下砍中藤藏。刀法煞是诡异！

两人错身而过架刀再战，不料藤藏突然身体前屈，跪倒地面。家仆庄六蹿出屋檐奔至跟前，抱扶主人拖出场外，就势抄起落地木刀直冲向银次郎。

“住手！庄六！”藤藏抬头拼尽全力喝止庄六。藤藏按住胸口，看看半十郎又看看银次郎，继续道，“本门除御前比武外，禁与他派比武。只因石桥大人百般要求，在下才破例动手，但绝不允许与其他门下再比武，望石桥大人、浅沼大人体谅！”

藤藏说完“嗯”了一声翻倒在地，苍白的脸上汗流不止。见此情景，庄六跑回藤藏身边，双臂插到主人身下直接抱起，臂力之强令人咋舌。

“骨头没断！”银次郎冲走向屋里的庄六的背影喊道，“断了也不过两根！很快就不疼啦！”

“瞧这！”离开矢野藤藏家，银次郎凑近半十郎，露出吃了藤藏一木刀的前臂。鲜血早已开始凝结，手腕上肿起黑红一片。“藤藏这小子，说什么不肖弟子，其实相当厉害！不动动手根本看不出来！”

“但用木刀比武太过不慎，一旦张扬出去，恐对家老大人名声不利。”半十郎口气严厉地责怪道。

这厮疯狗一般，绝非可放任自流之辈！半十郎不禁心生疑窦，也许正因如此小出家老才从一开始就将自己安插在银次郎身边以起监督作用。

“为查出‘马骨’杀手只得如此，竹刀什么的可不成。不把对手置于死地，秘太刀绝不可能现形！”

“……”

“怎样？说老实话，本少爷可要全力相搏！”

半十郎盯视着银次郎的面孔。五官端正，尤其是双唇如女子般小巧红润，然而就是这美貌青年的唇边，竟浮现出残忍的笑容。

半十郎定定心神暗暗提醒自己，此人绝非善类，切不可随其卷入疯癫造次之事中。

“听你这口气，可是十足纠缠了藤藏一番逼其就范？”

“那是自然！否则就算说尽场面话，也净遭推托！”

“可这又为何？藤藏不是讲明‘马骨’没有传授给自己吗？”

“这话都信？足下老实过头了！”银次郎瞧着半十郎哧哧笑

道，“本少爷根本不信，不较量一番便无法查明！”

“那查明了？”

“查明了。藤藏已倾其所学，不过如此！”

“不过家老大人……”半十郎道，“未必满意以今日做法查访秘太刀。”

“管他呢！”

“而且藤藏说了矢野家禁止门下与他派比武，这也不能置之不理。况且既有今日之事，往后更不便与人称高徒者比武。若再强逼硬迫，必遭厌恶如蛇蝎，早晚坏了家中名声。”

“那还有别的法子？”银次郎道，“舅父兴许不甚满意，可本少爷这里……”银次郎站定盯住半十郎，拍拍胸脯道，“这里火烧火燎！本少爷无论如何都要亲眼见见这‘马骨’是为何物！拜托！”

半十郎也驻足盯着银次郎。感觉一团如今日天空般冰冷苦重之物袭入胸内。半十郎率先迈开脚步，两人都不再言语，沿着寒冷彻骨的武家町街巷向河岸走去。

隐秘献金

一

矢野藤藏一咳起来，饭塚孙之丞就赶紧过去，从背后拥抱似的稳稳托住藤藏的身体，为的是避免咳嗽波及肋骨上的裂缝。

连咳两三声间，藤藏低垂的脸已涨得通红，待咳喘平息，藤藏神色镇定地向孙之丞道谢。

“事情经过大致如此……”等孙之丞返回座位，藤藏继续道，“恐怕那石桥银次郎会逐一前去探访各位。”

矢野藤藏面前，双膝紧并正襟危坐的是藤藏父亲仁八郎的五位高徒。最年长的内藤半左卫门五十八岁，几乎须发皆白，现仍任职普请组[1]外勤，故面色黝黑体格魁伟，看上去精神矍铄老当益壮。

半左卫门身旁，白白胖胖举止稳重的冲山茂兵卫，是位监

1. 普请组：负责建筑施工、修缮的部门。

管大纳户的五十岁上下的武士。冲山旁侧的北爪平九郎三四十岁，眉目俊朗仪表堂堂，目光炯炯非同寻常，身居御番头[1]要职，乃藩中名门北爪世家的当家人。北爪身后坐着面色苍白瘦骨嶙峋的长坂权平，是兵具方[2]的小吏。

在冲山背后与权平并排而坐的是刚才照料矢野藤藏的饭塚孙之丞，二十八岁，效命于近习组。这五人作为藤藏亡父门生，对继承了道场的藤藏理所当然地毕恭毕敬，皆尽尊师之礼。

对面的藤藏虽已从榻上撑起身子穿好外套，胸前缠裹着的雪白的纱布还是从睡衣领口处露出，苍白的脸色让人看了痛心。石桥银次郎的木刀虽未令其骨折，却也将两根肋骨震裂。

“那就拜托诸位！”藤藏道。平静的话语中透出师者威严，令人肃然起敬。五人齐齐低头，然后静静地注视着藤藏。“在下没有获授秘太刀，不过在座五位中自当有得父亲传授‘马骨’秘太刀者。因不知是哪位，故有此说……”

“……”

“若石桥前去寻衅，请诸位以本门禁与他派比武为由隐忍推托。如落得迫不得已不得不战之境地时亦切不可施展秘太刀。”

---

1. 番头：统管将军身边护卫人员的长官。
2. 兵具方：负责管理兵器的部门。

“危及性命之时也不可？”目光炯炯的北爪平九郎问。

“危及性命之时也……”藤藏重复着北爪的话，“万万不可！一旦施展出来，秘太刀即会被盗取而去。那厮具备此等功力。”

内藤半左卫门诺诺连声频频颔首，与其他四人对视几眼，再次向藤藏深深俯首。这是对藤藏立誓，接受所托之言，纵是情不得已之时也决不施展秘太刀。

五人又说了些保重身体之类的话后出了矢野家，走向院门途中，行至看得见户外习武场的地方时，一起回身望去。

今天一早就没风，太阳暖暖地照着，也许与此有关吧，习武场上闪动的人影超过了十个。众弟子挥舞竹刀混战在一处，大抵是二十岁上下的年轻人，也有几个孩童混迹其中，有模有样地抡动竹刀叫喊连声。中间时有怒斥厉喝传来，似是代理教头沟口要助在训练众徒。

“干劲不小！”

内藤半左卫门脸上难得现出一丝微笑，胖子冲山也连道：“不小不小！”众人说说笑笑离开矢野家。

今天也没雪，樽屋町街面上干干的。一路可见院落里的白梅、红梅依然只有极少数开了花，门窗低矮的家家户户、行走间扬起尘土的街道被午后耀眼的阳光包拢着，预示着这一带已渐渐有了春的气息。

“孙之丞，”北爪平九郎道，“你不留下操练一番？”

“不了不了！御番头。”饭塚孙之丞连连摆手，“小弟今日当班。因言紧急会面，才硬请假出来，眼下必须马上返城。”

“辛苦啦！”冲山茂兵卫道，听其口气，今日应是歇班，“另外几位，都歇班吗？”

“不歇不歇，我傍晚后要登城，安排宫中警卫事务。”北爪道。

“辛苦辛苦。”冲山又道。内藤半左卫门也连道辛苦，只有长坂权平一声不响地低头跟在最后。

“不传流一派人丁兴旺可喜可贺！”半左卫门刚开个头，北爪即应声道：

“虽说藤藏少爷剑法比不上师父，那是因为师父实在太了得，藤藏少爷本也相当厉害！”北爪平九郎边走边说，目光炯炯，不断扫视着左右，“而且瞧见了吧，为人稳重，教得又耐心，似是颇受年轻人尊崇。”

“还有人说，小少爷光之助这娃娃比藤藏少爷更出息。”冲山茂兵卫突然插话进来，“孙之丞，你可指点过那孩子？”

“禀兄长，有过一二。”

虽是同门师兄弟之间的随意闲聊，没有身份地位之别，因饭塚孙之丞年龄最小，以半左卫门或冲山茂兵卫的年龄来看，视其为自己儿女辈亦不为过，故而只有孙之丞言辞谨慎谦恭有加。

“怎样？”冲山问。

孙之丞沉默半晌道：“一言以蔽之，后生可畏！”

“噢！噢！噢！”内藤半左卫门连声怪叫，众人爆发出一阵大笑。这爽朗的笑声甚至引得旁边门里都有人探头出来。几人并非在笑半左卫门的怪叫。从孙之丞话语中，已可预见不流传矢野道场将来的安泰，于是不约而同开怀大笑。

“孙之丞，”半左卫门语声中充满了慈爱，“你什么年纪获授证书？”

“十八岁，恩师谢世那年。”

“听说是矢野道场创立以来的天才，我当时可是盼到歇班日火速赶去较量的！”北爪道。

“我可是头一次听说。”冲山道。

“结果如何？”

“转眼工夫就连吃两刀，好歹还了一刀才保住做师兄的颜面，其实是惨败啊！”

“有孙之丞压仓底儿，道场绝对前途光明。”平九郎道。

听到这里，半左卫门开口道："话说回来，藤藏少爷担心的秘太刀传人，是我等中的哪位？"

半左卫门话刚出口，一行人齐齐在路上停下脚步面面相觑。接着又马上别过脸去迈开脚步。半左卫门冲着他们的背影问：

"孙之丞，是你？"

"哪里话！"孙之丞慌忙摆手，"晚辈是师父最晚年弟子，好容易获授证书，绝非能企及秘太刀之辈。"

"那可不好说。"内藤半左卫门瞪了孙之丞一眼，"毕竟你可是道场开创以来的天才！那么，冲山是你？"

"怎么又是在下？大错特错！"

"不会不会，不会有错！你表面沉稳，耍起剑来可是又狠又辣！出手诡异高深莫测，你就是继承了秘太刀也不足为奇！"

"非也，并非在下。在下倒一开始就以为北爪得了秘太刀，不对？"

"也是，想起来啦！"内藤半左卫门道，"师父常说，平九郎的剑得传本道场正统。北爪先生，是您吧？"

"很遗憾，不是我。内藤老先生您自己又如何？刚才净质问我辈，这是不是方便隐瞒您自己获授秘技？"

"绝非如此！秘太刀这刀法可不是老朽这把年纪学得来的！"

"可内藤老先生也不是从一开始就是老朽啊！"

听了平九郎的话，最年轻的孙之丞哧哧直笑。

半左卫门瞪着他像在自言自语，“不过师父不该不传授秘太刀。”

“那是自然，一定传给了谁。”平九郎附和道。

“假若传给了谁，也还是我等中的一人。藤藏少爷不会看走眼，肯定有人在隐瞒真相。”半左卫门说着，忽地回头望去。

“啊，喂！权平！”半左卫门转身盯住正低头慢行的长坂权平。

“刚才你就一声不吭！对了，大伙儿都笑的时候，你也不笑。我可都看在眼里！”

“……”

“是你吧！学了秘太刀？”

走在前面的几位闻声都折回来，大家一下子把长坂权平围在当中，半左卫门接着盘问。

“明白啦！你是害怕石桥那小子，连话也不敢说了？是这么回事吧！”

“不是，绝对不是！”身份略低的权平急道，“小弟绝没获传如此稀奇的刀法秘技。”

“用不着谦虚！关键比武时常常让我吃尽苦头的笼手打[1]高人

1. 笼手打：剑道中击打手腕与肘部之间部位的技法。

长坂权平，学了秘太刀可一点也不奇怪！”北爪平九郎道。

“没有没有，您看错了。”

“若看错了，你又为何哭丧着脸一言不发？是胃疼还是哪儿疼？”

“胃疼倒好说……”在内藤半左卫门的再三追问下，长坂权平蚊子哼哼般答道，“家里有事放心不下……”

“何事放心不下？”

“内人吵着离婚，回娘家去了。”

“还为这事？多少回啦！没劲没劲！”内藤半左卫门兴味索然地叫道。

兵具方小吏长坂权平夫妻不和的丑事，早已众所周知。这还不说，其原因何在也无人不晓，故而竟无一人对生性软弱的权平表示同情。

众人满脸扫兴一哄而散，向街巷尽头的繁华大道快步走去。

二

浅沼半十郎回到家，迎出门外的婢女阿笔说有客来访。

“客人？谁？”

“不认得。”

“可在屋中？”

“在茶间，夫人正作陪。”

半十郎大吃一惊，忙从腰间解下刀奔入内室。无论客人为谁，情绪不稳定的杉江都不具备接待能力。一想到可能失了礼数，半十郎几乎方寸大乱。

仿佛要证实这担心似的，拉门紧闭的茶间内一片寂静，静得极不自然。半十郎拉开门，面现一丝坏笑的石桥银次郎与恶狠狠瞪着银次郎的杉江同时抬头看向半十郎。

“啊，是你！”半十郎道。

歇班时倒也罢了，这位可真不是半十郎一身疲惫离城到家后愿意见到的人物。半十郎对一身怪癖的美男子银次郎隐隐有种避忌心理。可能是因为见识了他对矢野藤藏的所作所为吧，虽不至于说被丧门神缠身，那感觉也类似。

不过，为查访秘太刀“马骨”的银次郎提供方便乃自己职责所在，必须对小出家老负责。

“好啦，我来陪客。”半十郎道。

杉江得体地道声失陪，出了房间。

“令夫人颇为风趣，”等杉江出了门，银次郎悄声道，“还是位大美人，不成想这话刚一出口夫人就大为光火，在下正一筹莫展之际，幸好尊驾及时赶回解围。”

“拙妻因气郁之症，情绪时难平稳。”半十郎无可奈何道，“若有失礼之处还望见谅。今日来此有何急事？”

“可否引领在下前往冲山茂兵卫家？听说冲山今日歇班。”

“现在前去，回来可是深夜了。”

“不会，用不了多长时间，简单聊几句便罢。”石桥银次郎出乎意料地缠人，“想必您也很是劳累，可一定要请您出面。”

半十郎甚至想问这算命令吗，好歹克制住，默默点头站起身来。

半十郎进了自己的屋子。夫妻寝室里侧的一间小屋，平日用作半十郎的书房，只是约半年前起杉江不喜在寝室摆放夫妻床榻，故而眼下半十郎将此处作为自己的起居室兼卧房使用。

半十郎进屋一个人换装，隔扇门一开，杉江现身门前，无声地盯视丈夫片刻后进来帮忙。这真难得一见。

“您要出门？”杉江问。

“嗯，去趟苗卖町的冲山家。”

“与石桥大人同行？”

“是啊，以前也说过，为家老大人办事。”

“您可要提防着那小伙子。”杉江附耳低语道。

“有什么不妥？”

“嘴上花言巧语，实则别有用心。”

“听他说夸你美貌？”

“满嘴武士不该有的恭维话！”

“哦？”半十郎转身，抬手抚住帮自己换完装的杉江肩头，只是小心翼翼地轻触而已。几个月没碰妻子了，忽地很想抚慰一番，可若是惹恼她就无趣了。

杉江默默垂下头，没有抗拒。那个深谋远虑、通情达理、忘我而又温柔的杉江仿佛又回来了。突然间，半十郎心中充满对妻子的无限爱怜。

“石桥是江户人，说话直爽，因你漂亮才说漂亮。”

杉江抬眼看着半十郎，面颊微微飞红，嘴角漾出笑意。带着这稍稍孩子气的表情，杉江缓缓地退向寝室。半十郎对在身后拉开拉门转过身去的妻子道：“我说，今晚去你那屋。”

话音未落，刚关紧的拉门猛地大开，杉江凝眉竖目道：“少说下流话！”

半十郎大失所望地抓起刀，脚步沉重地走向等在茶间的银次郎。

——如何才能宽慰杉江呢？

半十郎想起此前妻兄谷村新兵卫的话，心中啧啧连声，宽慰她一番也不过如此罢！

到了苗卖町冲山宅院，茂兵卫正在家里。圆滑世故的冲山满脸堆笑地将半十郎与银次郎让进客厅。

“歇息之时前来叨扰，望您海涵。”半十郎道。

论家禄[1]，半十郎一百三十石，茂兵卫一百二十石，虽是大体相同，但论城中座次，近习头目半十郎却在大纳户茂兵卫之上。也就是说，半十郎地位略高。不过既然有事相求，措辞上无论如何都要适当放低姿态。

“这位仁兄是石桥大人，想必您已从矢野藤藏大人那里得到消息……”半十郎机敏地瞥了一眼正在静静端详着两人的茂兵卫，“也是小出家老的外甥，因有事求证，故一同前来。料想多有打扰，望请尽悉回答所问事宜。”

“……”

“不会耽搁太久。”

“尽管吩咐。”冲山茂兵卫淡淡地说道，“无论什么说来

1. 家禄：主君授予家臣可世袭的俸禄。

就是。”

“那……”茂兵卫毫不设防的态度，令银次郎目瞪口呆，竟稍有受宠若惊之感，开口就问，“您可知晓矢野家有个叫‘马骨’的秘太刀？”

“知晓。”

“从上辈仁八郎手中获传秘太刀的可是您？”

“非也。”

“只因继承衣钵的矢野藤藏大人明言自己未获授艺，故以为矢野仁八郎门下被誉为高足的五位门生中必有获授此技者。”

“亦未可知，不过并非在下。”茂兵卫淡然道。

银次郎岂能善罢甘休，又道：“能否比试比试？”

“为何？”冲山茂兵卫边问边定睛望着银次郎，眼中充满了柔和的笑意。

“比试一场，自可判明您所言真伪。”

“恕难从命。矢野道场禁与他派比武。”

“务请改变心意！”

“不可，只得抗命。一则有禁与他派比武严令在先，二则在下年已五十有二，技法大不如前，即便比武也没什么拿得出手的刀法。”

冲山茂兵卫自始至终柔声细语，而答话里却已冷冷地表明，绝无比武之意。半十郎在一旁竟无从插话。

“混账东西！倒真能沉得住气！”离开冲山家，一无所获的银次郎走在昏暗的街上，嘴里骂骂咧咧。看得出相较无法比武，轻易就被打发出来更令其恼火。

“冲山乃大纳户之首，与内城啰啰唆唆的妇人、外城财大气粗的商贾们面对面打交道为其职责所在，自然惯于沉得住气。”

“大纳户有何职责？”

“自商贾手中购置内城所需服饰、日常用品等。”

“那应与绸缎商户常来常往。”

“嗯，算是吧，可不只是绸缎商户。”

“可知经常出入大纳户家的商家名姓？”此话刚一出口，银次郎旋即自语道：“问问舅父便知，”便转移了话题，“大纳户若是这等职责，那应有相当的外快可得，可有所耳闻？”

“嗯，在下有亲戚也供职大纳户，逢年过节确有赠礼若干，却也无甚外快之说。”

“……”

“因何发笑？”半十郎不解道。

银次郎低头笑出了声，接着抬头对半十郎道：“我现有一妙计，不会牵扯上浅沼大人。不待多时，倒要看刚才那笑里藏刀的老东西还笑不笑得出来！”

三

半十郎混杂在熙攘的人群中走上护城河桥，忽见四五人前谷村新兵卫的大块头背影，忙叫：“新兵卫！”

“在这里碰上可真不多见！”半十郎追上新兵卫道。平日两人离城回家路经不设护城河的三岔路口栅门，从正门直接过护城河到热闹的商人町去确属难得。方向不对。

“家里婆娘叫我买东西。”新兵卫为避免被身前身后的路人听去，小声说道。接着问，“你又怎么来此？”

“我也是给杉江抓药，伊助伤风卧床出不了门。”

“那又辛苦你啦！”新兵卫道。两人并肩过桥，穿过正面栅门。

“对了，有事跟你打听。”半十郎道。看着新兵卫肉嘟嘟的圆脸盘，想起一件事。“说说这冲山茂兵卫？”

“嗯？头儿怎么啦？”

“近来没什么反常？”

“反常？嗯——”新兵卫摸了摸下巴。两人走进距正面栅门不太远的尾张町，这条街很繁华，街上鳞次栉比的门面宽大素净。

摸着下巴、扫视着路边店面的新兵卫，忽地想到什么似的道：“这么一说，近来访客确实频繁了许多，不过也不算什么特别。”

“冲山大人的访客？”

“对。”

“什么样的客人？”

“看似多是绸缎庄的掌柜。”

“都谈些什么？”

“那可不晓得。我等虽在城里公干，商人们没什么特别事情也不会进城。商谈在三环交易所进行。”

“哦，也是。”

“有事的话，交易所派跑腿的来请冲山大人过去。最近来往是多了。”

“嗯。”

“谈了什么可一无所知。”

“看不出冲山有反常举动？”

“没什么，跟平时一样。”

“盂兰盆节和年底都有礼收？”

“有。点心盒之类，偶尔收匹绸缎什么的。”

“可有金钱往来？”

“钱？你说行贿？”新兵卫表情严肃起来，警觉地瞥了半十郎一眼，“不晓得你在寻思什么，大纳户可不受贿。”

“可总有竞争吧，同行间的，或者小商户为取代大商户。”

“趁机受贿？一旦走漏风声，那可成了丑闻，大纳户不会搞这些。”

新兵卫在街角站住。“到了。我去青柳町转转，买了东西就回，郎中在哪儿？”

“船附町。”

“很偏僻？”新兵卫刚说声回见，忽又想起什么，停脚转过身，“那之后杉江怎样？”

“还那样。”

“好好宽慰宽慰她。”

“一直在宽慰，别唠叨着烦人啦！”半十郎撂下这句话，脑中浮现出面对面也不正眼瞧人也不开口说句话的杉江。

“新兵卫，我都想掏出心来给你看看！净想着宽慰她了，可又怎样？杉江不领这份情啊！状况就是这样，真要愁杀我也！”

“嗯，她是病了。”

“不光是病了，她本来就犟。”

“也是。”

“当你面不该说这话，你不觉得我应该在娶媳妇前多少考虑清楚？”

“事到如今，怎能这么说？半十郎！”谷村新兵卫沉下脸来，声音不高但语气严厉，“忘了那时候啦？为见杉江一面，没事也总往我家钻。忘不了吧，杉江本来好好待在里面，你说口渴，一个劲儿地捅我，催我要她端茶出来。”

“你说的倒是不假，年轻嘛！”

“爹娘每每脸色难看，我还劝解他们，说半十郎也不容易。这种事儿——杉江的心思，我也清楚。虽没说出口，其实杉江对你也有意思，一说给半十郎上茶，顿时脸上放光，为掩饰这感情，她可遭了不少罪。”

第一次去谷村新兵卫家是什么时候？半十郎打开记忆的闸门，是开始去励武馆学习的十二岁，杉江还完全是个小孩子。

再就是十七八岁元服[1]加身已近成年时，杉江则渐渐大门不出二门不迈，回想起她偶尔抛头露面一次，简直如化蛹为蝶般

---

1. 元服：古时男子成年戴冠的仪式。

出落成一位光鲜水灵、亭亭玉立的少女。

一天半十郎去新兵卫家，不巧新兵卫外出，二老也不在。婢女通告内室有客来访，于是杉江来前门迎接。杉江端坐门廊，半十郎立于土间[1]。相互寒暄后，两人都不知该说点什么，只是不声不响相对而视，记得就那么僵了好久。

半十郎好不容易才说出句要回去了，杉江起身降阶送到门边。半十郎真切地感受到，小心翼翼陪在自己斜后方的杉江身上散发着蜜桃般的芬芳。同时也清楚刚从道场回来的自己汗臭熏天，满脸痤疮破脓丑陋不堪。当然更难忘夏日骄阳仿佛要嘲笑半十郎这副狼狈相似的在空中闪耀，而谷村家庭院里的树木枝叶被看不见的风儿轻轻拂动，将跳跃的光影挥洒满地。在那个涂遍浓重懊悔色彩的午后风景中，半十郎二十岁，杉江十六岁。

“新兵卫，我错了！”半十郎致歉道，“刚才出言抱怨实在不该！杉江是我结发之妻，无可替代，我会好好待她，你放心！”

与怒气已消的谷村新兵卫道别，到位于河边远离市镇的船附町抓药返回家里时，天色已黑。前门亮着灯，有人影晃动。

---

1. 土间：房门口没有铺设地板的泥土地空间，有时相当于门厅。

点燃行灯[1]沏茶作陪的是阿笔，客人是位年轻男子。坐在门廊边家仆模样的小伙子看见半十郎后连忙起身。

“小的是堀端的杉原派来送信的，正等您回来。”

“原家老杉原大人？”半十郎惊诧道。

信使回答正是，堀端乃上士[2]宅邸所在的街町。

“我家老爷给您带口信：百忙之中请多包涵，有急事相商，能否请您今夜五时（晚上八点）来寒舍一叙。”

来人不歇气地将口信转达完，又加上一句：“您来与不来，都要小的捎个话回去。”

“五时前一定前往。”

“多谢多谢！现另有一事……”年轻人压低声音道，“我家老爷有话，今夜之事请您切勿声张。”

四

进了杉原家客厅，除原家老杉原忠兵卫外，还有一位客人在座，是大纳户冲山茂兵卫。寒暄已毕，杉原连道：“这么晚请

1. 行灯：方形纸罩座灯。
2. 上士：高阶武士。

君来此还望见谅，现有一事若无君之助力，难以圆满解决。”

“您有何吩咐？”半十郎道。正在这时，一个少年模样的年轻家士端茶进来。令家士退下后，杉原饮了两三口茶。

杉原胖乎乎的脸型倒是没变，但面色苍白，总觉得少些生气。从鼓鼓囊囊的衣着上看，可能还是要时时卧床。依半十郎之见，病情虽有好转，却绝非痊愈样态。半十郎暗忖，仅凭这点，便知所托事情非同小可。

“您的病情如何？”半十郎问。

“如君所见，略有起色。大夫说，本以为会一病不起。不过现已痊愈，等天暖起来，精神头自然便有。”杉原说完，用令人意想不到的锐利目光盯住半十郎，“请君来此有事相求，不为他事，只因小出那外甥——石桥。”

“石桥？”半十郎虽猜出大半，仍觉自己稍有变色。那个疯疯癫癫的亡命之徒，一定又惹出了什么祸端。“那个人给您惹了什么麻烦？”

“不是一般的麻烦。”杉原道，“往下，茂兵卫接着讲。”

“昨夜……”身子转向半十郎的冲山茂兵卫脸上露出其一贯沉稳的笑容道，“石桥又来敝处，硬逼在下比武。”

“这小子真顽固，已经那样明确地回绝了，还来纠缠？！”半十郎气愤道，“虽是家老大人外甥，品性可真不怎样，您定是断然拒绝喽？”

“这……”茂兵卫嘴角浮现出一丝苦笑，“此敌不可小视，这次人家可是牢牢抓住了在下的把柄有备而来。也就是说，若不比武就要将在下的秘密禀报家老，这可如何是好！”

“卑鄙！”半十郎嘴上骂着，神情却紧张起来，目不转睛地盯着茂兵卫，隐约预感到了点什么。“可否请教一下您有什么短处被其抓住？”

“贿赂。”茂兵卫淡然道，“在下从经营绸缎的津轻屋、销售寝具的多田屋等实力雄厚的大商贾处定时收取钱财，稍后就会讲到，事出有因。然而外人看来却是不折不扣的受贿，一旦败露，可不是辩解几句就能搪塞过去的事儿。”

“事出有因？”半十郎加倍小心地观察着茂兵卫与原家老的脸色，“请务必让在下了解详情。”

“这由老夫来讲。”杉原道，“相信浅沼君的为人就实话实说啦，那部分钱财形式上是向茂兵卫行贿，实为商人们向我派献金。维系派阀运营需要钱嘛，献金是在双方互惠的前提下谈拢的，说起来，茂兵卫只不过是个窗口，但这一切却是我派必须坚守的秘密。”

“不知何时，石桥已将大纳户接触的商贾名单查了个通透。”冲山茂兵卫道，“更有甚者，还威胁商铺掌柜，打探出资金由店家流向在下的事实。昨夜这厮持一张写了个毫无依据的款额的字据到敝处，扬言若不比武就将此事向小出家老和盘托出。”

“胁迫他人乃为武士者所不齿。”半十郎道，却也一脸为难，“果然是个异类！可石桥身后有小出家老这座靠山，以在下之力阻止此事未必有效。”

“非也非也，无须如此。对浅沼大人另有所托。”冲山茂兵卫依然满脸温和道，“在下打算接受石桥挑战。”

“噢？可是……”半十郎敏锐的目光从茂兵卫脸上转向原家老杉原，心想这二位可是知晓石桥银次郎狠毒无情的利剑？

像是在解答这一疑问，原家老颔首道：“浅沼君尚且年轻可能还不了解，冲山过去可是人称‘无敌防守’啊！多次在御前比武中夺魁，无人能出其右。伺机施展的侧身一击更是天下无双难寻敌手。”

“老黄历喽，如今早已没了那本事……”茂兵卫谦恭地对原家老道，随后转向半十郎，“总之，献金之事泄密乃在下之过，姑且提剑一搏。做为交换，受贿即刻收手，同时换取石桥的承诺，不向任何人透露。要拜托浅沼大人的就是居中调停。”

“原来如此。”

“石桥本是为秘太刀而来，无意明查贿赂一事，故而考虑此交易或许可成，只是身为当事者，在下实在不便言及此计。”

“……”

“与杉原大人商量，有劳浅沼大人中间传话，若此约定可成再请浅沼大人居中作保。这实属不情之请，不过确也反复考量了此前的事件原委。石桥也应明白，若有负足下爽约失信，今后追查秘太刀时将无法得到足下相助。而且……还有一点，”茂兵卫道，“实不相瞒，日前我等旧时弟子五人齐聚矢野道场，从藤藏少爷处获知秘太刀已有如此这般事态进展。话至终了，藤藏少爷特别附言指示，若与石桥接触，情不得已不得不动手时，务必要请浅沼大人在场。其理由……”

“说总觉这小子疯疯癫癫如亡命之徒？”

半十郎话音未落，茂兵卫连连点头：“正是正是，说切不可掉以轻心。”

“就是这档子事儿，半十郎。”杉原道，“因绝对信赖才有如此重托，可愿接受此任？”

“在所不辞！在下也以为，如冲山大人所言，此交易可成！”

原家老与茂兵卫的脸上都露出了如释重负的表情。

半十郎趁此时机见缝插针地试探道:“获传授秘太刀‘马骨’的可是阁下?”

冲山茂兵卫警觉地瞥了半十郎一眼，旋即又面无表情。说了声“怎么可能”，仅此而已。

五

“您练完要回的时候，请招呼一声。”

将三人引进励武馆的老仆役叮嘱一句后离开门口原路折回。

围墙环绕的宽阔庭院中，不单有作为武术道场的励武馆，还有藩校的府讲学馆、书库、藩主行宫等，由长柄[1]组仆役轮流管理这些建筑。

练完要回的时候招呼一声，是因为除了住有寄宿生的讲学馆外，书库、行宫天黑后都不再有人，虽存放有贵重物品，招呼一声也只是个形式罢了。原家老杉原忠兵卫带话来，说傍晚时分有三人要借励武馆一用，值班的仆役闻言也不过略感怪异而已。

1. 长柄：武士职名，战时持长枪出击。

等仆役离去，石桥与半十郎将左右两扇沉重的板门关闭，“咚”的一声响彻空寂的道场。

三人由宽敞的土间走进道场。看来清扫得不甚仔细，虽是穿着布袜，脚底仍有粗粗硬硬的尘土颗粒的触感。半十郎脑海中浮现出儿时赤脚踩踏在这尘土上，舞动竹刀高叫着比武训练的记忆。

恰在此时，早春的夕阳透过西墙的一排格子窗斜斜地照射进来，无数尘埃飘荡于宽宽的条形光影中，昭示着直到刚才孩子们还在这里挥舞竹刀混战训练。

“浅沼大人习武的道场真是这里？”冲山茂兵卫招呼道。说话间，他已麻利地从袖兜里掏出白色袖带开始扎紧衣袖，手法相当娴熟。石桥银次郎见状也脱下外套扔向壁板。

“的确在此。”半十郎冲茂兵卫点点头，“现在回想起来，已是十几年前的事了。光阴如箭啊！”

“门派是直心流？”

“正是直心流。励武馆内有直心流与小野派的一刀流两派，在下师从桧垣四郎右卫门先生学习直心流。很遗憾桧垣先生已于五年前病故……”

“那门派如今怎样？”说着，茂兵卫从壁板竹刀架上摘下一柄竹刀，单手向侧面空劈了几刀试手。

“因直心流后继无人就到此为止了。之后又拜入云弘派金崎重助先生门下，现在云弘派相当兴旺。”

“不曾听说。”茂兵卫将手中竹刀放回壁板，又摘下另一柄竹刀，这回双手握刀稍稍用上力道挥舞。

稍远处的银次郎好像正注视着这边的动静，“打断您试竹刀真是抱歉，今天比武，可以的话，请用这个！”银次郎大声嚷嚷起来，不知何时手里已握紧了一柄木刀。木刀一般摆放在最里面的教头席旁。

“竹刀不行?!”半十郎略带怒气地质问银次郎，心里暗骂着“又来了！”道:“上次在矢野道场用木刀的苦头还没吃够?”

“用竹刀看不出真本事！”银次郎冷笑道，“挨了打最多也不过起个包蹭块皮，反正不致伤及性命。”

“当然。若真要以命相搏，身为见证人就要重新思量这比武了。”

“由他由他，浅沼大人！”茂兵卫笑眯眯地插嘴道，“木刀也可以。就算我不愿意，那位仁兄也未必听得进去，不得已而为之罢。”

“可是……”

“无妨无妨，料也无妨！留神不丢掉老命便是。”

茂兵卫大步流星地走到教头席旁，摘了两三柄木刀空抡试了试，从中选定一柄折回。

“那就请多指教啦！”

茂兵卫约战似的道了一句，银次郎也凑过来，在与对手之间留出了较宽敞的空间。半十郎喊声比武开始，双方默默互施一礼架好木刀。

此时的茂兵卫面貌大变。谦和的小眼睛现在更是眯成了一道缝，其中暗藏针尖一般的寒光，对面敌手的任何微小动作任何表情变化都不会逃过这双眼。茂兵卫冷峻的目光逼视着银次郎。

缓缓舞出剑花的双臂、轻盈的身姿、灵活的步法，丝毫感觉不到其身躯的肥胖。

——好身手！

冲山茂兵卫依然称得上一位一流剑士！半十郎感慨，银次郎对此可有所觉察？

不知其是否有所觉察，银次郎的每个动作都慎之又慎。刀尖上下微微移动，眼珠像要看透茂兵卫的剑招似的紧盯着其一举一动。

正在疑虑此番僵持何时终了，银次郎脚下步法突变，旋即又踏回原先站位，似是欲进又止。刀尖的移动比刚才更细微，看来也更剧烈了。大概是因为对手茂兵卫纹丝不动、天衣无缝的正眼架势，已令其焦躁不安了。

——这么一来……

银次郎，你小子遇上克星啦！半十郎正暗喜，银次郎终于按捺不住疾步前冲。滑行般无声地急速逼近八九米，对正眼对峙中的敌手肩部迅猛一击，银次郎绝非等闲之辈。可这精彩的一击伴随着一声脆响被格挡回来。

如同被烫到一般，银次郎急速后撤，拉开足够距离后伺机再度进攻。冲山茂兵卫仍立于最初迎战位置纹丝未动，架开银次郎击打来的木刀还原正眼后，整个人又恢复到防守态势。

银次郎这回一点点逼近，以极微小的碎步前移，俨然在丈量与对手间的距离。当两人间距缩短至约三四米时，银次郎再次疾风般攻入！茂兵卫举木刀迎击。

这轮激战持续时间相当长。闪转腾挪虚虚实实，银次郎身形步法令人眼花缭乱，对茂兵卫狂攻不止，而茂兵卫见招拆招招招必还毫不示弱！半十郎眼见冲山茂兵卫肥胖的身躯灵巧地左闪右避，伸屈自如地抵挡开头顶袭来的木刀击打。

然而不消片刻，年龄差距便于这长时间的对抗中暴露无遗。

相对石桥银次郎看似有增无减愈战愈勇的攻势，冲山茂兵卫的防守却疲相渐呈。接招虽无破绽，但木刀出手速度已明显略有迟缓。

——输在年龄上？

盯着茂兵卫为其捏了一把汗的半十郎，忽地发现了什么，不由屏息凝神。

茂兵卫已大汗淋漓。满头汗水不仅几乎使吸汗头巾变色，还浸透了茂兵卫的鬓发、沾湿了宽大的腮帮子滴滴落下。但令半十郎吃惊不已的并非这涔涔的汗水，而是茂兵卫散乱的额发下死盯着银次郎的目光。浮现于那冷森森的目光中的，无疑是一股腾腾的杀气。

——若有机会……

借比武之机将其除掉！半十郎看透了茂兵卫的心思。

甚至无须探究缘何如此，肯定是为保守秘太刀“马骨”之秘密！说来茂兵卫未必就是秘太刀传人，可见即使继承者另有他人，只要茂兵卫抓住机会击毙对手，便可永绝后患。

——应该劝开他们？

半十郎脑中闪过这一念头，小出家老的面孔浮上脑海。此时，银次郎最终招架不住步步败退——半十郎眼中所见，而事实呢？

事实是，冲山茂兵卫的身躯如巨兽猎食般迅疾无声地向前猛扑，手中木刀重击于撤足后退的银次郎腰腹间，发出闷响。看似败退的银次郎也逆势一击，打中茂兵卫肩膀。

撤身退后八成是银次郎的诱敌之计，而茂兵卫将计就计形成对攻态势，也绝对在其计划之内。

不管过程如何，互攻终结后，银次郎当即瘫倒在道场地板上按住侧腹呻吟不止；茂兵卫则借强攻之势奔出数米之外，接着单膝跪地只手抚肩喘息连连。

“喂！怎样？”半十郎急问。

银次郎慢慢撑起身子盘腿而坐，一阵干咳后，手抚侧腹道：“死不了！骨头可能裂了，应该没断。”

银次郎说话时，冲山茂兵卫缓缓站起身来，一声不响地将木刀放回教头席旁的壁板架上，抓起扔在一旁的外套。茂兵卫向半十郎默施一礼走向门口，或许因肩部挫伤之故，右臂仍无力地下垂着。

走下土间，茂兵卫回身对银次郎道：“既然比试过了，请遵守约定！如何？”

“知道啦！”银次郎道。

茂兵卫接着又转向半十郎，“有浅沼半十郎大人为证，对不对？”

“正是！”半十郎道。茂兵卫用一只手将厚重的大门推开一点，走了出去。

半十郎拾起壁板下的外套扔给银次郎。不知不觉间，夕阳西沉，道场地面上已铺上了一层淡淡的夜色。

半十郎对夜色中仍盘坐在地发愣的帅小伙道:“毫不同情！”

“不要你同情！”银次郎按住侧腹撑起身子，“自愿为之嘛！”

“见识了‘马骨’？”

“没有。”银次郎摇头，“冲山茂兵卫没有获传秘太刀。本少爷最后攻其头顶，老家伙勉强躲过，接招也不过泛泛之流。”

两人一同走出已渐阴冷的道场。场外还残留着些许二月朦胧的微光。银次郎又干咳起来。

家仆之死

一

傍晚时分，近习头目浅沼半十郎在离城回家时顺便来到若松町小出家老宅邸。给登城前的半十郎带口信说“回家时顺便来一趟”的是石桥银次郎。

初春，银次郎虽在与不传流冲山茂兵卫的比武中被击裂肋骨身负重伤，眼下伤势看似痊愈，已经面色红润精神十足。固然年纪轻恢复快，肯定与银次郎自身超凡强健的体魄也有极大关系。

天长了，到达小出家老宅邸时外面依然光亮。日头像是还没完全落至山后，余晖闪闪映照着宅邸町行道树的枝梢，照耀着门前朝北笔直伸展的道路尽头的十字路口。树枝上布满了颜色深浅不一的新叶，新叶上的柔毛在光照下闪着银色的微光。

进了门，家老宅院内也是枝叶繁茂，浓烈的草木香气扑面而来。向玄关走去，右手边的一大株石楠花正蓄势待放。虽说繁星点点的花骨朵中只有一半绽开花瓣，可那火红的花团已使周边一切黯然失色。

半十郎驻足凝视鲜花片刻，正欲进玄关，忽觉左边视野尽头有什么动静，不禁折回身来。映入眼帘的是位女子。这女子以前见过一次，是家老欲纳之为妾的婢女。

半十郎一皱眉。女子神色慌张，似乎刚从灌木丛那头远在墙边的仓房里钻出来。半十郎被某种预感驱使，隐身于玄关旁的黄杨树荫下，一动不动地注视着。不一会儿，小屋门一开，出来的是石桥银次郎。

银次郎警觉地扫视左右，反手关上屋门，尾随女子快步消失在屋后。

——哼，果然如此！

半十郎苦笑一声。肋伤痊愈，已经恢复到有精神头拈花惹草啦。

听说刚才这婢女是步卒盐山孙七的女儿，已获家老之妻认可，做了带刀的妾。这厮竟敢染指舅父的女人?!半十郎感喟，同时又觉这责难也多少有些言不由衷。

银次郎与盐山的闺女一对俊男靓女，若撇开此女为家老钟情这点不说的话，两人倒是极为般配。就女方而言，与银次郎私会远比被圈在家老身边来得快活。然而即便如此，半十郎也丝毫没有祝福这对年轻人的念头。且不说姑娘心思如何，可以想见，对银次郎来说，这只不过是玩玩而已。

进了玄关通报来访，半十郎马上被传进里面的屋子。小出带刀和一位半十郎不认识的汉子，还有刚偷了腥的石桥银次郎已在屋内。

家老向半十郎介绍，在座之人乃上方役中林市之进。所谓上方役，即任职于大坂储藏兼出售粮食等的栈房，行使向京都、大坂、大津等地的交易商推销冲出（出口）稻米的职能。通常要在栈房常驻数年。

——难怪从未谋面。

半十郎释然，与这位作为男人面皮稍嫌白皙过头的中年汉子默默行过一礼。不解的是，唤自己来，为何却有中林在场。

莫非只是偶遇中林？半十郎狐疑之际，小出家老开口道：

“中林回来是因插稻秧前有事相商……”家老看着半十郎语气和缓，“昨日因栈房之事向老夫禀报，顺便至此问候，其间讲了一件趣事。”

“趣事……”

“事关矢野家传的秘太刀‘马骨’，中林听祖父市兵卫说过一二。”

"哦？"半十郎转向中林，"您听到的可是秘太刀技法？"

中林连道哪里哪里，此人看起来很会与京都一带的商人做买卖，眉目间挂着和善的职业性微笑："在下对剑术一窍不通，亦不了解这所谓秘太刀为何物，'马骨'之说由祖父处听得，与家老大人闲聊时谈及此事。"

"市兵卫与矢野藤藏的祖父——听说叫惣藏，算是同僚，都任职于樱马场御马厩。"小出家老好像对这故事格外感兴趣，特意插进来解释，随后催促中林快讲与半十郎听听。

"一天，祖父一如往日于御马厩执勤，主公大人突然前来观马，就在这时……"中林看了看半十郎与银次郎道，"发生了一件大事。"

二

前来樱马场观马的乃上上代藩主播磨守亲茂。可能由于精通马术吧，这位藩主对马也情有独钟。归乡一冬的播磨守，因不久即将返回江户，特意前来与爱马告别，并亲享驭马之乐。

樱马场名副其实，位于三环东南角，占地极广，南边与东边的土堤上种满樱花树。时值全盛之季的樱花沐浴着午后的阳光，如一团团粉色祥云环抱马场，流光溢彩。

马场御马厩中，除藩主的御马外还有藩内公用马匹，数量多少会有所增减，平日一般维持在三十匹上下。此外马场配备负责训练马匹的御马乘家臣八名、步卒两名，担任照料马匹的马厩仆役约四十名，另设兽医专职医马。统领为大坪流的马术教头牧村吉兵卫。

藩主轻装现身马场已是司空见惯，故此御马厩一干人等一同出迎后便各自回归岗位。播磨守由教头牧村，牧村指定的金泽、庄田二位驯马师陪同，开始练习马术。

过了近半刻（一个小时）光景，正专心致志地在马厩中与仆役一起照料马匹的中林市兵卫感觉马场那边的蹄声及呼喝声戛然而止，四周突然陷入一片静寂。

——是要回府了？

那该去送行，市兵卫想到这里猛一抬头，只见一个巨大的黑影伴随着杂乱的马蹄声忽地一闪穿过厩前，跟着是众人惊恐的呼号之声。

奔出马厩的市兵卫目睹一匹名叫冲风的骏马发疯般冲向马场跑道。有人紧紧抓着冲风的缰绳，大概是当值的仆役，疯马拖着此人在地面上扬起阵阵尘土狂奔不止。

更要命的是，在冲风狂奔的正前方，不知何故下了马的藩主及三位陪同已惊得目瞪口呆。

“不好！”市兵卫大叫一声，纵身向冲风追去。冲风是匹病马，五六天前忽然食欲不振，病状之重一时间站都站不稳。

经马医细川诊断，料定病情不会传染给其他马匹，便每日精心医治，今天牵到马厩后面让它活动腿脚。这冲风身躯庞大，相应的脚力也极强，而且非常聪敏。不仅细川，马厩的仆役们都期盼冲风快快痊愈。

然而从拖着仆役狂奔的冲风的举动可见，马医有所漏诊，隐性疾病最终暴露出来，诱发了冲风的惊狂，这让人不寒而栗。

市兵卫身前身后都有不少人在穷追不舍，马厩一端的公务处旁也有几人跳出，果敢地冲向冲风。其中拔刀相向的应该是跟随播磨守来的护卫人员。

有几人追上了。可怜冲到冲风面前的一人被冲风摆首一击摔出几米远，倒地不起；挥舞着利刃砍向冲风腿脚的一人则被前蹄踢中，人仰刀飞。冲风如恶魔附体般踏向倒地之人，那人好歹就地翻滚逃过一劫。

此时精疲力竭的马厩仆役松开了缰绳，冲风更是轻盈地蹿跃起来，而且有意为之般直冲向播磨守！怒吼声惊呼声随之愈加震耳。

此时此刻，播磨守与其他三人总算想到该逃命了。金泽虎太将自己的马缰交于庄田，似欲迎头痛击般赤手空拳冲到冲风面前。教头牧村吉兵卫拔出短刀护在藩主身前躲向一侧，从远处看去这些举措实属徒劳无益。藩主与牧村、手握两匹马缰绳的庄田挤作一团，跌跌撞撞地退向马场栅栏，估计不等他们摸到出口，冲风就该杀到他们面前了。

就在这紧急关头，在藩主所处位置的更后方，从设于马场北头的被称作调驯场的小马厩里跳出一人，跨越中间栅栏向马场飞奔而来。调驯场距离出事的马厩最远，因而此人直到现在才注意到这边的骚动。

护住藩主小跑着躲向旁边的牧村好像注意到了此人。牧村猛回头，连呼："惣藏！惣藏！"矢野惣藏乃一位御马乘，不传流剑士。

"惣藏，挡住那畜生！"

牧村又叫，惣藏并不答话，只是躬身疾奔如飞，现场状况想必已一目了然。矢野惣藏身材矮小却很结实，奔跑速度之快丝毫不亚于冲风，转眼间已接近藩主身后。

而疯马业已逼近至藩主身前二十多米处。惣藏要迟一步！

中林市兵卫狂奔中手心里捏着一把汗，正担心间猛见金泽虎太手无寸铁地冲了过去。虎太不到三十岁，这条精壮汉子张开大手试图挡住冲风的去路。

不知是因冷不防被阻拦受了惊吓，还是有心要踏扁所有障碍，冲风前蹄高高扬起，身体完全直立。虎太旋风般闪向疯马一旁，伸手去抓缰绳。此时的冲风狡黠无比，甚至让人不得不以为魔怪已附其身！冲风拧转身体高抬前蹄狠踏虎太顶门。

虎太堪堪躲过，旋即再度起身奋力抓向马缰。待虎太贴至近前，冲风马面一甩将虎太扑倒在地，接着踏住倒地的虎太咬住其肩。冲风几次摆首拖拽着虎太滴溜溜地打转，最后高扬马头将其摔落在地，再次狂奔起来。

口喷血沫、怒目圆睁、疾驰如飞的冲风面目狰狞——它还是匹马吗？市兵卫等人追赶而来，已近至足以看清当前情形。

——虎太命休矣？

市兵卫气喘吁吁地望着匍匐地面一动不动的同僚，这时矢野惣藏斜刺里冲来，抢至藩主等人身前。

惣藏稳稳站定，俨然一个期待着生死决斗之人，唰地松开刀柄绳扣，双臂缓缓垂至身侧。众人见状屏息凝神，马场陷入一片死寂。所有人都预感到，今日之凶事将以惣藏对战冲风的形式做个了断。

静寂只在一瞬间。呼叫声再次令马场为之震颤。冲风已冲至播磨守等人所在之处，袭向阻住前路的惣藏。面对撕咬着袭来的冲风，惣藏轻轻闪身躲过。二次躲闪，三次避过！冲风暴怒异常，前腿腾空身体直立，前蹄像要搂抱什么似的向惣藏头顶踏下。

说时迟那时快，惣藏自右向左飞快移步，从踏下的马蹄前、马颈下闪身而过，钻身过来立于病马左侧时，已收刀入鞘。

冲风前蹄抵住地面，马腿静静弯折，头颈前伸再也不动。只见少量鲜血从马首处流出。

“听说后来经马医细川诊查，发现冲风颈骨断为两截。”中林总结道。

“这就是‘马骨’。”小出家老道，“想到了什么？”

“没有，完全没有。”半十郎答，“矢野惣藏那天施展的恐怕是居合[1]，听闻不传流多用居合之技。另有一点，惣藏断马骨似是借力使力，而秘太刀‘马骨’并非居合。”

1. 居合：坐姿出刀法。

“总之又是一无所获喽。”至此一言未发的银次郎语气中略带嘲讽道，“拿了秘太刀知情人来审问岂不更省事?！事出紧急甚是失礼，若不介意，今夜请浅沼大人领路，上矢野道场内藤半左卫门老前辈家走一遭如何？”

三

晚饭后，浅沼半十郎与找上门来的银次郎一起出了家门。

平日在家里也总将寝室当作自己的起居间深藏其中足不出户的杉江，一听说半十郎要外出，马上奔出屋子对其去向刨根问底。那软磨硬泡的表达方式仍略感病态，脸色也依旧难看。

半十郎打定主意，要对妻子的纠缠不休耐心解答。并非只因对妻兄谷村新兵卫这样承诺过，还因为虽是同一问题两次三次反复唠叨，只要耐着性子作答，杉江就像想通了似的，表情温和起来，能跟正常人一样说出“那路上小心，快去快回”什么的。

半十郎觉得杉江刨根问底想摸清自己动向，一定有什么常人难以理解的原因。虽不清楚不厌其烦地回答对妻子心境有何影响，但半十郎认定，哪怕能为她带来片刻安宁也值得。

话虽如此，例如今夜，尽管已提前告知行将外出并劈头盖脸地遭受了一番盘问，而等刚才提到的石桥银次郎一出现，同样问题再次被提起时，半十郎再怎么有耐性也瞬时精疲力竭。说实话，离开家门真轻松了不少。

“让你久等了。”一到街上，半十郎忙向银次郎致歉。为劝慰杉江，让银次郎等了好久。“外人听了可能觉得好笑，刚才跟内人解释要去哪儿，不然就出不来。”

“吃我醋？”银次郎道，“美人们常有的坏毛病。”

“哪里哪里，哪儿的话。以前说过，内人在病中，病情作怪。”

“脑袋不正常？”银次郎口无遮拦。

半十郎忍住怒火。“非也，大夫讲尚不至此！郁结之症，需些时日便好！”半十郎不再客气，同时也厌烦了跟银次郎解释这些，于是话锋一转：“听说现在要去探访的内藤半左卫门是个老顽固，很难轻易说服。”

“天无绝人之路！”银次郎倒是出人意料的镇定，“不管怎样，会他一会。”

“还要像跟冲山那样动武？”

“八成。”银次郎满不在乎。说着两人上了一座桥。上游山里下了一场雨，直到昨天拂晓才停，河水猛涨，桥下水声比往常喧哗了许多。过了桥便是内藤半左卫门住的松根町。

银次郎像要压过河水轰响似的，提高嗓门岔开话题：

“前些日子中林说的那些，你不觉得不合实情？”

“哪里不合实情？”半十郎也高声反问。

“换作少爷我，我可不会装模作样地弄断马脖子。迎头我就砍了它前腿，一刀完事儿！”

“你可不晓得驯马师的心思！”半十郎大声反驳道，话音落处正行至桥头，“御马厩之马，皆被驯马师们亲手精心调教过。据说马儿状态不佳时，仆役们会彻夜不眠地照料守护，简直如同对待亲生子女。”

“竟有此事？接着说！”

为避人耳目采取夜间行动，又没带随从，半十郎只得自己提着灯笼。半十郎将灯笼转向跟在斜后方的银次郎，后者似笑非笑地迎视着半十郎。

半十郎提灯回身向前继续道:“马腿即马命。因有腿脚，骏马才能奔驰如飞。奔驰如飞，多么了不起！你不认为奔跑才是马儿生命的意义？就算面对冲风这等怪物，身为驯马师也不忍心砍断其腿脚。这虽是在下揣度之言，料想不会有错。而且……”

半十郎欲言又止，银次郎瞅着半十郎。

“而且？”

“而且有必要一击毙命。若只伤其身而不置于死地，伤马狂起来，恐对主公不利！”

说到这里，半十郎坚信现场状况确是如此，并第一次感到理解了中林口中事件的全貌。矢野惣藏的确是位令人钦佩的剑士。

惣藏绝非银次郎所说的装模作样。岂止如此，那天惣藏若是失手，剑士之名也将岌岌可危。一定是为求一击毙命无意中施展出了力断颈骨之技。

若此番推测正确，惣藏将那天用的这一招打造为秘太刀之术并命名为“马骨”也极其自然。半十郎心潮涌动，心中所思却并未说出口，因为深感与石桥银次郎这个年轻人确有无法沟通之处。

说话间，两人已来到松根町街面，这片夜晚的武家町没有一个行人，透出灯光的房屋也不多，黑暗中弥漫着浓烈的新叶之香。

“就是这里。”半十郎说着，走进一幢宅院的大门。内藤半左卫门乃薪俸百石的普请奉行助役，身份说不上高贵，却是普请组实际上的现场总负责，故被赠予了外观气派的笠门大宅院。

四

因先前已遣家仆伊助口头知会今夜来访，在门口通报一声马上有人出来。

“正等您呢！”令人意想不到的是出来迎接两人的竟是位身姿优雅的女子，“里面请！”

“深夜造访，请多包涵。”半十郎不由得客气起来，因为推断出迎的这位女子是内藤家的儿媳妇，一个寡妇。

不过稍后半十郎在半左卫门房里再次见到刚才的女子端茶点上来又离去时，却对自己的推断产生了怀疑。内藤家的寡妇应该有三十五岁上下了，而这位女子看起来不超过三十岁。

女子谈吐得体举止大方，浑身上下散发着青春活力，丝毫不见寡妇的阴郁。兴许是亲戚？

“冒昧请教，”半十郎道，“方才那位女子，可是令儿媳？”

“正是儿媳民乃。”内藤半左卫门板着脸答道。可见半十郎和石桥银次郎都是不受欢迎的访客。

半左卫门瞪大眼睛目光凶狠，嘲讽道：“今夜来访，就为此事？”

“失敬失敬，非也非也……”半十郎红着脸连连摆手，“因有紧要之事，夜晚贸然前来叨扰。只是忽觉若是守之助兄之妻，看来年轻了些许……”

“只因平日里操劳忙碌之故罢，儿媳可是我家的顶梁柱。”半左卫门道。放下心来的半十郎听得出，老先生话里话外透露出对民乃这个儿媳的无比信赖。

“守之助兄故去多少年头了？”

“十二年，不，十一年了。”

“守之助兄乃旷世奇才，今日若在世，必定尊为掌教藩学之大儒。”半十郎道。

内藤守之助比半十郎年长两岁，十六岁时曾为到访讲学馆的藩主讲说《大学》，被誉为藩校开创以来的第一秀才，前途无可限量。遗憾的是，因体弱多病，二十五六岁便英年早逝。

半十郎的话语里情不自禁带上了对往昔的回想之意，猛地注意到半左卫门面无表情的脸，慌忙改口。毕竟，谈及老人引以为豪的儿子的死，实在太残酷。

“这位是小出家老的外甥，石桥大人。”半十郎先介绍了一直默不作声的银次郎，“因名为‘马骨’的矢野家秘太刀之故，在下受命前来引见。深夜唐突到访，还望多多指教。”

半十郎礼数周全。近习头目与普请奉行助役之间，除了薪俸差距，更有身份之别，但半十郎不愿被视为仗势压人，更何况对方是位长者。

半十郎谦恭的措辞背后还另有一层隐秘心思。自己带着打裂矢野藤藏肋骨、挫伤冲山茂兵卫肩骨的银次郎在众家臣面前东游西逛，实在羞愧难当。因此无论对方是谁，半十郎都只得稍稍谦逊一些。

半十郎之所以没对厌烦至此的这项任务撒手不管，还不单单是因为派阀首脑家老所托。他心中也没有像初来乍到时的银次郎那般拍着胸膛大叫的“这里火烧火燎！”之意，只能说想亲眼看看此案最终如何收场，以及“马骨”的真面目。

“多多指教？”内藤半左卫门一直阴沉着的脸忽地笑开了，转向银次郎，“令藤藏少爷肋骨骨折、冲山茂兵卫肩膀挫伤的这位哥儿，今番是来拧断老朽脖颈的吧！”

“老先生！”银次郎这回倒乖巧了许多，“方才浅沼大人所言之事，可否向您请教一二？”

“尽管说！”

“矢野藤藏大人虽是继承了不传流道场，却没获传秘太刀。

依晚生之见，‘马骨’一定传给了上辈仁八郎的高徒。”

“所有人都这样以为。”

“获传的不是老先生您吗？”

“非也！”半左卫门摇摇头，之后就动也不动地盯着银次郎。

“听闻老先生您长期代任教头，提起矢野道场内藤半左卫门，当时其他道场无人能敌。”

“老黄历啦！”半左卫门道，“这些旧事，总传得神乎其神。道场那时人才青黄不接，老朽这般身手代任教头实属无奈之举。待冲山茂兵卫、北爪平九郎等身负真才实学之人入得门来，转眼不过几年，就把老朽轰下代任教头之位，降为一般门人啦。多好的证据！”

这才是真相！半左卫门说着嘴角现出一丝狡黠的笑意，像在哄骗眼前这个年轻人。

“说无人能敌也是天大的笑话！总感觉给你讲这些的家伙一定鬼话连篇，居心叵测！”

“那您以为是北爪平九郎？”

“这个嘛……”半左卫门似乎并不抵触这话题，坦然道，“照实说吧，前些日子所谓上辈高徒——老朽也名列其中不知是否妥当——总之江湖传言的五个人碰了个面。当然，你也是话题之一，猜到了？”

半左卫门死死地盯着银次郎。

“当心石桥银次郎！诸如此类。不说你啦，至于‘马骨’到底传给了谁，那天也讨论了一阵子。是你吧？不会是你小子吧！钩心斗角相互猜疑，好一顿嚷嚷……”

半左卫门正说得起劲，拉门外有语声，手端茶器的民乃进得屋来。民乃麻利地为宾主将茶点换成热的，返回拉门内片刻又抱着外套出来，向客人们道声失礼，又对半左卫门道：“天凉了，请您更衣……”

半左卫门也道声失礼，快步走向房间一角。在民乃为其脱下坎肩又穿上外套夹衣这段时间里，半左卫门老老实实地站在那儿，很是顺从。转眼间换好衣服，民乃出了房间。看得出对半左卫门的照料无微不至。

——情同父女。

半十郎暗笑，粗莽汉子半左卫门任由儿媳摆布的样子实在令人忍俊不禁。

“来，接着聊！”返回座位又道失礼后，半左卫门继续道，“结果谁也没获真传。莫非有人故意隐瞒？另一方面又感觉也许传人并不在我辈当中，很是离奇。若那天老朽直觉不错……”

半左卫门定睛盯着石桥，“你寻访秘太刀之行，只会闹得鸡犬不宁徒劳无功。”

“不比画比画，难辨真伪！”

“嗨！又来了！”半左卫门道，“到底还是要动手？老朽都这把年纪了。”

“一定请您赏脸！”

“恕难从命！”内藤半左卫门神色严峻地断然道，“矢野道场禁与他派比武，而且老夫并未获传也明白无误，比斗一番只是白费气力罢了！”

说完半左卫门脸上已是一副拒人千里之外的表情。

五

“略去内藤老人无妨吧？”

从内藤家告辞出来，银次郎板着脸一言不发，半十郎只得主动搭话。

“老先生啰啰唆唆一晚上，就是想说自己并非秘太刀传人。老先生排在众高徒之首，确只因是仁八郎最早的弟子。如其所言，若道场最盛期有更厉害的门人，那获传的可能性就更小了。老先生的话可以当真！”

“不比画比画，难辨真伪！”

银次郎不依不饶地一字一顿道，半十郎不禁来火，问道：

“那又要强人所难，毁掉家老大人声誉喽?!”

银次郎沉默不语，行至河水轰鸣之声渐近的松根町尽头时才开口道:“浅沼大人可了解他家内情？”

“不了解。”半十郎否认道，“同为家臣，多少知晓一些，只因职责不同，并不熟识。”

“可有后嗣？”

“有。名叫道之助，年龄应在十一二岁。父亲守之助死后出生的遗腹子。”

“死后出生？”银次郎语声尖锐起来，“怎么回事？”

“刚才那位嫂夫人是在守之助死前怀的身孕，没什么大惊小怪！”

“哼！原来如此。”

银次郎说话时，两人已离开街町来到沿河路上。刚才弥漫在空气中令人窒息的树叶浓香已渐渐淡去，扫过河面的微微清风取而代之，迎面拂来。

两人走向近前一座桥，反正过了河就要各走各的，过哪座桥都无所谓。两人来到雁音桥旁，下游距桥约十几米远的船坞处，点着四五支火把，十几个男男女女正从船上卸货。有人将货搬下船，再换人将货担上河岸，一派忙碌景象。

在内藤家时以为夜已相当深了，而目睹这卸货场面，又觉时辰并不太晚。火把将站在桥上探身俯视的半十郎与银次郎的脸映得通红。

“他家的仆人……”银次郎转向半十郎问，“有几个？”

“百石之家理应至少有一个仆人，一个帮厨婢女。”

“那段日子还雇着仆人吗？”

“那段日子？”

“长子病死、儿媳产子，应该很忙乱的那段日子。”

“哦，那倒不清楚。”半十郎道，并开始对银次郎的问题心生疑惑，“为何问这些？”

银次郎没正面回答，说声查查便知，接着又换了话题。

“足下刚才说，若是守之助的媳妇，看似年轻了些许，可知那女子年龄？”

“不知实际年龄。”

不过大体清楚，半十郎心想没记错的话，内藤家的媳妇应该有三十五六岁，看起来只有三十岁上下实在令人惊奇。

“内藤守之助二十一岁时迎娶媳妇进门，新娘子那年应该是十九岁。守之助在我等这辈年轻人中，怎么说呢，算是备受仰慕的人物，这点无人不知。在下倒是没到场，婚礼上来看新娘子的应不在少数。”

半十郎记起，来凑热闹的男人们贬损新媳妇不如想象的漂亮，大概是才子配佳人的观念在作祟吧。之后因什么由头见过内藤家的这位新妇，长相确实一般。

半十郎正纳闷，成了寡妇的人缘何现在比以前好看了几倍呢？

银次郎身子离开栏杆问:“守之助什么年纪死的？”

“二十五六岁。”

“就是说娶了媳妇没过多久。然后过了十一年，刚才内藤家的那寡妇，有三十五六岁？”银次郎停下迈出的脚步，“怎么看都不像。”

这一点半十郎确有同感。不过半十郎深知有的女性年龄增长到一定程度，会更显气质优雅，看起来也愈加年轻漂亮。民乃多半就属这一类。

“守之助是个病秧子？”银次郎问。

“听说卧床近两年，本来就体弱多病。”

“做学问做过头了？不管怎么说，男人死后，这婆娘没回娘家？”

“孩子是女儿的话回娘家。内藤家生的是男娃，后继有人，这样媳妇就可以留在婆家。没听说过这些？”

“不不不。”银次郎嘴上应答着，却是一副心不在焉的样子。两人过了雁音桥，半十郎向左银次郎向右，就要在此道别。

回身望去，估计船上的货已卸完，火把剩下了三支。一支照着石墙下的船坞；两支照亮了不知何时来的排子车，忙着转运货物的众人的身影渐行渐远。

船驶离船坞，船坞上手持火把之人登上通向河岸的石阶。隐没于黑暗中的船，想是去了约莫半个街町以外下游的驻船场。

“不觉内藤家的翁媳太亲昵？”银次郎冷不防来了一句。

“是不是太亲昵不好说，倒像是一对父女，难得难得！”

“足下太没眼力！”银次郎尖酸刻薄地否定了半十郎，“我看这两人不似爷儿俩，像有男女私情。”

“噢？”半十郎盯紧远处火把微光中的银次郎，“想不到你小子竟是如此心性下流！是你心术不正，以小人之心度君子之腹吧。”

“果真如此吗，半十郎大人？”银次郎痞气十足，“本少爷一直在琢磨小出家的新五郎。新五郎虽久病缠身，却还没卧床不起。只因体虚多病就生不了娃儿，足下不会不知吧。听你说，内藤家的媳妇是男人死了才生的儿子，可躺了两年行将就木的病人，怎么就有了精神头让婆娘怀上孩儿?！定有蹊跷！”

“这种事因人而异，不说这些了，你从刚才就不断念叨，到底在打什么鬼主意？”

“实话实说？”银次郎道，“那个叫道之助还是什么的要接续内藤家香火的小子，极有嫌疑是半左卫门所生。守之助死到临头，小两口还没个孩子，这意味着内藤家随时面临断子绝孙之灾。当然，收领养子也不失为一个办法，但半左卫门绝对不肯舍弃自家骨血，做儿媳的也能理解。为保留住内藤家血脉，翁媳不会来个珠胎暗结？”

“卑鄙无耻一派胡言！你纠缠此事意欲何为？”

“只要抓住一丁点儿证据，就能逼半左卫门出面比武！”

“确也如此。不过内藤半左卫门绝非你想象的那种有悖人伦之徒，查也白查！”

“当然啦，本少爷也不是就认定这翁媳两人正干着见不得人的勾当。只是说，过去一次也没有吗？您也动动脑筋嘛！半左卫门当时可是四十五六岁的壮汉呀！”

“……”

“只因有了那一次经历，这婆娘跟半左卫门就不再是翁媳之间了，而是将其当爹娘或爱人一样侍奉，像至亲一般相依为命了吧。这就是生为女人的悲哀……”

听着银次郎的喋喋不休，半十郎脑中现出面色光润、朝气洋溢、手脚麻利地伺候在半左卫门身前身后的民乃的身影。

回身望去，对岸火把已熄，岸上河里陷入黑暗，只听得河水哗哗作响。

“告辞。”半十郎冲银次郎背影道，“别找什么证据了，对谁都没好处！”

六

银次郎斟过一杯后，汉子也不谦让，一杯接一杯地自斟自饮起来。不大工夫一壶烫酒就见了底，没上铫子[1]，而是用了近来才开始流行的烫酒壶。汉子还没拿到第二壶酒，就晃着手中空壶，催银次郎再要第三壶，一副无赖做派。

汉子迫不及待地伸手去抓第二只盛满酒的烫酒壶，不知是

1. 铫子：在日本被用来温酒，可吊挂。

连他自己都觉察到了自己的忘乎所以，还是美酒下肚头脑清醒过来，不禁停手望向银次郎。

“老爷您破费啦，来这么阔气的地儿……”内藤家的前家仆杵七，现在靠打打日工或给商家跑跑腿讨生活。杵七四下张望着比土间饭桌高出一截的宴客席不无艳羡道：“小的也常来这染川町，酒是在一直往前的河边小店喝，又脏又臭。店名还叫‘宝屋’，也就这名字漂亮，其实就是个破洞。今天您请小的吃这样的宴席，活像在做梦！”

杵七看起来没过四十岁，皮肤严重松弛的脸上堆满媚笑，一双眼睛却毫不放松警惕地盯着银次郎。

“老爷您是江户人？”

“不错。”

“难忘江户啊！不瞒您说，小的年轻时被人雇，还用江户水洗过四五年脸哩！就这点儿年头也见识过不少稀罕景哎！话说回来，听说您找小的要打听什么事儿……”杵七眼珠子上翻瞪着银次郎，“有什么吩咐，您尽管开口！”

“那……”

银次郎拨拉开嘴里唠叨着“有事您吩咐”的杵七又伸向第二壶酒的手，将酒壶拖到自己面前。

“趁你酒劲儿还没上来，打听点事儿！”

“上来酒劲儿，也能耳听八方！”杵七目光贪婪地紧盯着酒壶，面向银次郎的脸一瞬间变得阴森可怖，接着又像是断了念想似的问，“您要打听什么事儿呀？”

“听说松根町内藤家后嗣守之助大人病死的时候，你在他家为仆？”

“对！从江户回来立马做了家仆，蒙他们关照了大概五年。”

“那段时间，没见他家有什么异常？就是你夜里三番五次去勾搭帮厨阿久，被内藤家扫地出门前的那段时间……”

杵七刹那间鼻子不是鼻子眼不是眼地一脸狼狈相，不过随即恢复了镇定，满脸堆笑望着银次郎。

“老爷您净捉弄小的，要打听的就是这呀？”

“非也！”银次郎一摇头，“对你偷鸡摸狗那些龌龊事儿没兴趣，问你那段时间他家有什么反常！”

“哎呀！”

“杵七你听仔细！”银次郎压低声音环顾店内，客人渐渐多了起来，好在没人注意坐在店角的他们，“有人怀疑内藤家的继承人可能是当家人半左卫门的种儿。”

“啊！果然是为这茬事儿！”杵七道，“小的也觉蹊跷，一直琢磨呢！少爷一个病人，怎会有精神头给少奶奶下种？您说是吧？这么说来小的果然不是以小人之心度君子之腹，也并非小的看走了眼，千真万确啊！下种的是大老爷！对吧？”

“老爷，那小的就跟您聊聊所见所闻，您受累把酒搁小的这儿。”杵七道。银次郎将酒壶推过去，杵七直勾勾地盯着置于盆内的酒壶，接着扬起脑袋，一脸狡猾。

“老爷要小的讲这事儿，光这点儿酒可太那个啦。”

“要钱？”

“哎，也不要多少，够零花就成！”

银次郎用擤鼻涕纸包了一分金子递过去，杵七即刻打开了话匣子：“那天晚上小的偷偷出去闲逛回来，大气儿不敢喘地进了院子，瞧见有烛光从少爷屋子出来沿走廊往另一栋房里去。您看，防雨板里面不是拉门嘛，这就一清二楚啦！另一栋房里，有厨房、有帮厨的小妮子住的屋子，再就是大老爷的房间。小的本以为少奶奶去了厨房，少爷身子不舒服，有时候少奶奶夜里会去厨房打水嘛！”

为不被人发现，杵七偷偷溜进家门，摸入门口旁自己屋里躺下，不过可没睡，在被窝里竖起耳朵偷听。感觉溜进门时看到的烛光不见了，而若有人在厨房，烛光理应可见。

“小的一下子就明白了少奶奶进的是哪个屋子！至于为什么要进那屋，小的当时可没马上回过味来。听见少奶奶回房的声响时，已经是一刻（两个小时）以后了。”

“还拿着灯？”

“哎，不过小的可并没偷瞧。就觉屋子拉门一亮，听见踢踢踏踏光脚走路的声音。老爷怎样，绝对值钱吧！”

银次郎暗想，胡编乱造！即便真有预想之事发生，翁媳也不可能如此明目张胆，必定于暗处偷偷摸摸进行。

银次郎有点泄气，也觉只能如此了。“当时就这一次？”

“不止！”杵七停下伸向酒杯的手，盯住银次郎，双眼随着酒劲儿上来变得通红，“在老爷您跟前不扯谎，那以后又撞见好几次！说什么夜里私通，找碴儿把老子轰出来，他家公公媳妇却搞得欢！倒是能体谅少爷病着少奶奶守空房的难处。”

“胡说八道！”

“不对？被扫地出门是小的时运不济！那之后就厄运缠身倒霉不断。现在这个岁数了，连个婆娘都讨不上，就靠跑跑腿当个小伙计混日子！”

“你手里捏着这么大的秘密，之前就一直没对任何人说？”

“那可是！对小的来说，那可是一宿一饭之恩啊，老爷！”

杵七驴唇不对马嘴地东拉西扯。

"见过你去私会的阿久，阿久说一次也没见过少奶奶夜间在家里转悠。"

"小久还是个小丫头……"杵七嘴上逞能面色却极度惊慌，一双眼睛滴溜溜左顾右盼，"搞不懂大人间的花花事儿。"

"老爷，壶干啦。"杵七朝银次郎晃晃酒壶。

"还想喝就用刚才给你的钱买吧！"银次郎说着站起身来。他凭直觉依然认定道之助是公公半左卫门的孩子，但杵七的话不足以成为有力证据。

店外天刚擦黑。银次郎仰望染川町上空，忽地心生一计，杵七所言固然荒唐透顶，倒也并非一无用处。

银次郎此时此刻没有料想到，只因这一念头，导致不久后杵七命赴黄泉。

七

日工杵七，现居狐町深处房檐朽烂大半的破旧长屋[1]，某夜未

1. 长屋：一栋房子隔成几户住的简陋住房。

归，翌日清晨被发现尸陈远离染川町的小河岸边。

身上两处伤痕。斜肩带背一处利刃砍伤，刀口深及肌骨；颈部咽喉处一记刺伤。由此可见，将其杀害的是名武士。

浅沼半十郎在从银次郎处得知此事前，对城中发生的这一命案及叫杵七的男子为何许人也一无所知，被叫出来于前往内藤家的路上听了事情的来龙去脉后，感觉斩杀杵七的非其旧主莫属，即银次郎所言之内藤半左卫门。

半十郎在松根町桥前停下脚步，有必要将此前获得的信息整理一下。

“如此说来，那天夜里问过话后，你当即直奔内藤家，将杵七那番瞎话和盘托出了？”

“不错。”银次郎道。

银次郎一见半左卫门就开门见山道，依本人所见，你们家过去有翁媳私通之嫌，现有人为证。银次郎进一步交涉道，若将这一事实捅到该捅到的地方去，那内藤家的继承问题将面临重大危机，当然眼下这一切都还在自己心里。如果答应了日前提出的比武要求，对此守口如瓶自不必说，还会负责封住证人之口云云。

“你莫不是醉了？！”

“没醉。”

“这样做根本无济于事，”半十郎道，“你不也说杵七的话不足为信吗？”

“确实瞎话连篇。”

“明知瞎话连篇还要端出什么证人威胁半左卫门，你不觉这手段无异于欺诈且有失体面?!”

“不择手段！”银次郎道，“‘马骨’传人可能是内藤老家伙。想一想就令本少爷热血沸腾！无论如何都要将老家伙拉下水比一场，为此才抛出私通一说，还编造了不实之证。”

“那老先生怎么说？”

“详情是这样。老家伙听完后嘿嘿冷笑几声，称本少爷是个不谙世事的黄口小儿。这还不算，说什么想捅到哪里就捅到哪里去好了，只是这种一时心血来潮编造出来的诽谤一旦公开，连本少爷或带刀舅父都可能蒙羞，就像在工地上似的扯着公鸭嗓反倒要挟起本少爷了。不可小瞧啊，这老爷子！”

“的确如此。”

“有言在先，本少爷确信私通属实，否则也不会去上门挑明。只不过走漏了杵七名字是一大失误。”

“你主动说出？”

“哪里哪里，被问及证人为谁时不小心说漏了嘴，没想到这么快就遭灭口。本以为反正杵七的证言是编造的，不成想被老家伙钻了空子。”

“这杵七是何方神圣？”

“酒鬼，没酒就活不下去，做尽坏事、到处借钱、净给人添乱，可以说是个万人嫌。”

“……”

“听阿久——同时期在内藤家做下女的女子讲，杵七被内藤家解雇，虽有夜里偷情之实，真相却是因其经常偷窥已成寡妇的少奶奶洗澡的恶行败露所致。此人就算再怎么猥琐下流，也不能因此就将其杀死，而且杀人者竟一剑封喉。”

银次郎见前方有几人过桥而来，便止住话语。等行人过去踏上桥头，回身看着途中停下脚步的半十郎。

“用一剑封喉这等招数干掉区区一个日工、一个放到哪里都碍事的无赖，目的就是灭口。做这事的，除了内藤半左卫门别无他人。”

“你推断得似乎不错。”半十郎道。

银次郎紧盯半十郎道：“内藤老家伙究竟害怕什么才将原家仆灭口，必须去打探打探，请务必同行。”

然而接待如临大敌般匆匆到访的两人的内藤一家却极为悠闲。迎出玄关传达口信的老人像是现在的家仆，谦恭有礼与命丧剑下的杵七截然不同。端茶点到客厅来的儿媳民乃，言谈举止比前些日子更加落落大方和蔼可亲。

“来得正是时候！”主人内藤半左卫门也满面春风地迎接两人，“今天召集了众头目傍黑起在此有事商讨。开会前空闲得很，不知有何要事，请尽管讲来！”

“众头目来商讨何事？”半十郎问。

“后天起杉泽新田沿岸的河堤大坝破土动工，为此事商谈。一旦开工，就约莫有一个月不能回家，说来得正是时候便是这个意思！”老人很客气地对半十郎道。

杉泽新田村位于五间川下游，是去年梅雨季节因堤坝决口遭受水灾的众多村庄之一。溃决处的修复工程已于去年秋天完工，但藩里对过去在同一地点多次发生决堤造成诸村损失之事极为重视，修复后仍要求将该流域一带的堤坝进行特别加固施工。

杉泽新田是加固工程开展以来的最后一站，而且也是计划中规模最大的工程。堤坝下搭建起民夫临时板房，施工开始后，普请组负责人员、民夫等都要入住。半十郎对这些也大体有所了解。

既然如此，事不宜迟。半十郎与银次郎对视一眼，银次郎说声那就不客套了。

“前些日子提及的杵七死在了染川町一事，您可知晓？”

“知道。”半左卫门道，脸上表情没有丝毫变化，“那家伙横竖都不像会善终的样，听说是被人砍了？”

“不单砍了，还一剑封喉。”银次郎道，接着话锋一紧，“砍杀此人的不是内藤老先生？”

“老夫？这可吓着老夫了。”半左卫门道，“老夫何苦要杀杵七？”

“因为此人是目击私通之人证。”

“怎么又提这茬？”半左卫门沉下脸，“此事纯属无中生有。老夫说过，足下也好杵七也罢，都已被这不善之念迷住了心窍，甚是不敬！”

“老先生确实教训过，可那只是表面上的辩解，实情不正相反吗？！私通实际存在，因此才杀杵七灭口，不对？！”

“你可真难缠，最好莫惹恼了老夫！”

“那除老先生外，谁还会对杵七这种人一剑封喉？”

“老夫如何得知？”

"始终不肯承认的话，还有报告町奉行[1]一条路可走。"

"有何证据？"

"好说。那夜宝屋陪酒女看到一个头巾蒙面的大汉将杵七叫了出去。听说杵七虽已酩酊大醉，被人一声招呼马上就唯唯诺诺地到了外面。为何？除了打招呼者为旧主外别无他由！"

内藤半左卫门沉默良久道："可以申告因造谣中伤原主家，对其无礼忍无可忍而斩杀。"

"那么一来，追究一剑封喉的原因自不必说，还会被要求对翁媳通奸的嫌疑做出解释。"

半左卫门再次缄口不言，而且长久地轮番打量半十郎与银次郎，最后缓缓开口道："若接受你的比武要求又如何？"

"晚生即刻收手，立誓不再介入！晚生一门心思只想与老先生比武，什么私通啦杵七啦，绝非因感兴趣才穷追不舍。"

"那老夫接受。"半左卫门顿了一顿又道，"让二位误会可不得了，接受比武并非因为足下所言属实。这类情事哪怕仅是捕风捉影，一旦公之于世，内藤家必定会蒙受耻辱，特别是可怜的儿媳谁也没招惹却要遭受指责。"

1. 町奉行：官职名，依据政务分管担当执行公务的人。

“没法阻止人们胡思乱想啊！”半左卫门嘟囔着转向半十郎，“刚才的约定，由浅沼半十郎大人为证，以后就拜托见证人了，不知意下如何？”

城郊，五间川上游，一片大练马场。过去此处乃家臣习练马术之地，时常有数十匹马出入，后因藩财政捉襟见肘便“役马御免”，即免除家中饲养军马的义务，马场随之荒废。

这里现在虽然还有藩内上士寄养马匹的马厩，训练在此出生的马驹、马术练习等活动也不曾中断，却再也难现昔日马蹄声隆隆不止之辉煌，破败的栅栏满目皆是。

马场近旁河边小道上，迷漫着五间川上升腾起的晨雾，雾的一部分甚至越过栅栏飘进了马场中央。

晨雾中，可称之为殊死搏斗的木刀比武正在进行。比武双方是内藤半左卫门与石桥银次郎。马场上不时传来发自丹田之气的厉声怒喝及木刀相击的咔咔之音。

银次郎处于守势。人高马大的半左卫门死盯着银次郎，发起了疾风暴雨般的攻势。半左卫门的木刀挂着风声，银次郎拼命抵挡，毫无还手之力。

应该分开了！手心里捏着一把汗在一旁观战的半十郎刚生

此念，勉强接住半左卫门打压的银次郎大步后撤着叫喊：“认输！老爷子别打啦！”

“没完，还没完！”

“都退下！半左卫门大人胜！”半十郎挺身向前高声喝止。

内藤半左卫门总算撤回木刀，鹰一般的双眼紧盯银次郎良久后将木刀交还半十郎。

“证人在此！请信守诺言！”半左卫门言罢转身离去，高大的身影顷刻间消失在迷雾中。

“快瞧！”吁吁直喘的银次郎将头伸到半十郎面前，脸颊上、脑门上，甚至太阳穴上都鲜血淋漓。

“再摸摸脑袋！”银次郎嚷道。

半十郎摸了摸银次郎头顶，手指触到一个大包，还不止一个两个，银次郎满脑袋都是包。

“本来防得不错，却被用蛮力狠敲过来的木刀刀头击中。这样打下去，小命都没啦！这样认输，真是此生头一遭！”银次郎惊魂未定。

那副惨相固然可怜，不知何故竟滑稽至极。半十郎想笑他自作自受，忍住笑问：“‘马骨’感触如何？”

“老爷子剑术高超，却与‘马骨’似是而非。正如足下先前所言，这种蛮力之剑斩不断马骨。”

说着，银次郎解开袖带。此时，白雾缭绕的栅栏对面，太阳已露出笑脸。回首远眺，被阳光晃得眯起眼睛的银次郎忽然想到了什么似的：“老家伙今晨来此是要宰了本少爷啊！这不正是私通的证据？！”

“不无可能。”浅沼半十郎道，“最好不要再触及此事。”

半十郎眼前浮现出潇洒地展示了雄性英姿后离去的内藤老人的背影，还有在其庇护下甜蜜幸福的内藤家寡妇的身姿。

半十郎心想，就算以前发生过什么，眼下也随它去吧，不该去惊扰他们的那一点点幸福。迈步前行，晨雾正渐渐退去，河水奔腾之声传入耳中。

因凌晨擅自离家，回去后又得不断对杉江解释，但半十郎并未因此感到不快。与小出家、内藤家如此复杂的内情相比，深感自家这点烦恼是何等的简单与微不足道。

身后传来银次郎一声长长的叹息。

拳割

一

近习头目浅沼半十郎因与指挥今夜宿直[1]的同僚野原甚之助聊得太专注，耽搁了出门。本打算早点外出见过在三环交易所供职的长坂权平后再离城的计划落了空。

迎来八月后，北方的日照时间骤然变短，历年如此。离城时分过后不久，三环广场就意外笼罩上了浓重的暮色，不少人都对此流露出惊异。

出了本丸[2]府邸，横穿二环广场，半十郎合计着此刻权平是不是已离城回去了。盛夏期间，藩士们收工后也会在办公房逗留片刻，谈天说地消磨时光。然而天一变短，也用不着谁说出口，不知为何所有人都装作很忙的样子匆匆离城。

跨过短桥来到三环广场，大概是空中细条纹般的云层上反射下来的暮光的缘故，这儿反倒比平常明亮了许多。夕阳下，

1. 宿直：夜宿城中或衙门里执勤、警戒。
2. 本丸：城堡的中心部分。

将要离城的藩士们还在三三两两地溜溜达达。半十郎打算顺路去长坂权平的办公房看看。

到底还是白跑一趟。交易所内只是少数晚走的人及值班人员所在房间有灯光透出，别处已空空荡荡昏黑一片。半十郎姑且穿过玄关进了走廊，向兵器房走去，见走廊尽头已是一团昏暗，便转身折回玄关近旁的值班室，拉开杉板门。

早早摆出饭团面对面吃起消夜来的交易所两名值班人员一见半十郎脸色，慌忙放下饭团坐正身子。

“兵器房的长坂离城了？”

“刚才送来武器库的钥匙，想必直接离城回去了。”其中一名四十五六岁较年长的人答道，“今天兵器房没人留下。”

“噢，打扰了。”

半十郎正要关门，另一名较年轻的开口道：“长坂大人说今天要先去趟樽屋町道场再回家。”

“知道啦！”半十郎冲年轻人点头微笑关上房门，半十郎对这位觉察出自己急于见权平、机敏口快的男子很是感激。

——樽屋町？

唉！这可如何是好，半十郎心里打起了算盘。去樽屋町矢野道场要绕相当长的一段路，回家迟了，恐怕又会让最近病情稳定了许多的妻子杉江发脾气。可银次郎拜托自己安排与权平见面的事儿已到了不能再耽搁下去的地步，此前因自己不情愿出面而一直拖到了现在。

面对秘太刀“马骨”这一诡异的搜寻目标，半十郎自感已深陷其中，冷静分析分析，石桥银次郎的执着更是超乎寻常。更有甚者，满不在乎地任由亲外甥豁出命去追查却毫无制止之意的小出家老的态度也令人费解。半十郎甚至怀疑，家老无论如何都要查访到秘太刀“马骨”杀手绝对另有隐情，而非最初说的那么简单。

不管多么不情愿，现已骑虎难下。固然要遵从银次郎或者小出家老的意愿行事，但在寻访秘太刀过程中一旦场面失控，比如当出现为争斗而争斗的情况时，无论如何都必须制止。半十郎打定主意，自己一定要坚决履行这一职责。

出了城，半十郎决意绕去樽屋町，便走向远处闪烁着点点灯光的商人町。拖下去只会徒增烦恼。

正思忖着，耳畔突然响起野原嘟囔的那句“有点让人放心不下”。

本城近习头目共五位，其中两人歇班，故今日登城执勤的是野原、半十郎、芳贺善助三人。本来极有原则的芳贺善助近期一听到离城的鼓声就忙不迭地准备回家，只要没有别的事，便客套一句“先行一步”，即刻打道回府。

因时常比自己指挥的近习组成员早离城，他这不负责任的奇特举动屡被嘲笑。不过上司中也有辩护者称，黄昏太鼓就是为提醒离城而敲响的，并不能说磨磨蹭蹭赖着不走就是好事，有几个善助这样的人倒也无妨。因此众人都默认了芳贺善助的早归。

所以当野原甚之助来到身边时芳贺已然离开，办公房内只剩野原与半十郎两人。整间屋里充斥着前面另一间近习组办公房传来的众人的吵嚷之声。半十郎还奇怪，用不着不分场合如此夸张地压低声音吧，然而野原接下来的低语足以将半十郎惊个目瞪口呆。

野原透露，针对石渡新三郎大人的暗杀计划正在进行。石渡新三郎乃侧用人[1]，目前当然长驻江户近侍藩主，预定来年春日将作为参勤[2]陪行人员归乡。野原道：“暗杀必将借此时机实施。”

“何人主使？”半十郎问，自然也是低声耳语。计划既已隐秘进行，必然是无可挽回的重大事件。半十郎不由环顾并无他人的办公房。

---

1. 侧用人：官职名，侍奉于主君近侧。
2. 参勤：拜谒主君。

“何人主使不得而知，由我派下手。”

“我派？”野原与半十郎同属小出家老派，野原的低语又令半十郎吃惊非小，“消息从何得来？”

“无意听得，某处。”野原表情严肃，“偶然，绝非偷听。”

“已辨出讲话之人？”

“辨出，但眼下不能说。”

“何处？”

“……”

“至少地点不要隐瞒。若什么人意识到秘事走漏了风声要加害于你，一点线索都没有的话我也不好处置。”

年纪轻半十郎一岁的野原面现惊恐，尽管说了没被任何人发现，却也被半十郎的话打动。于是简短回答：“河村大人府。”

河村作左卫门乃小出派干部，官拜组头。半十郎与野原甚之助之后继续低声谈论了一番造成刺杀石渡这一险恶局面的现实背景。藩主近年体弱多病，继任藩主对此颇有微词一事两人都有所耳闻，尽管推测暗杀极可能与此有关，详情却一无所知。

最后野原问，此事不该禀告大目付或什么人？半十郎语气一变，制止道：“若处置不当，你可真有性命之忧。目前尚有回旋余地，静观其变为上策。我自会守口如瓶。”

话虽如此，现在回味一遍在昏暗的办公房与野原的这一系列对话，半十郎胸中涌起一阵莫名的不安。假如暗杀石渡新三郎一事属实，可以预见，藩内将陷入难以预知的混乱。

石渡新三郎出身番头之家，只比半十郎年长约三岁，其人品见地颇受众家老赏识。

半十郎到了矢野家。抬头看看暮色深沉的夜空，走进只有立柱的院门，踏入庭院两三步后收住脚。

庭院一角篝火通明。不消说，那是传授不传流技法的习武场，旁边耸立的大七叶树在火光映照下清晰可见。初春来时，树叶尽落的光秃秃的七叶树现已枝繁叶茂，其丈把高的树冠顶部已与夜空融为一色。

七叶树下，两个汉子正架着木刀相对而立。开始看不清，很快就从两人身形上分辨出来，正在对练的一位是长坂权平，另一位是矢野家家仆兼子庄六。庄六矮小敦实，长坂权平则身材瘦削比庄六多少高一些。远远望去，权平真像稻草人般瘦骨嶙峋。

半十郎正欲上前，伴着一声骇人的呐喊，木刀猛烈撞击声响随之传来，两条身影厮杀在一起，令人目不暇接。

庄六俯身向下盘进攻，瘦子权平抡木刀挡开以金鸡独立之势高高跃起。两人随即迅速拉近，身体相互碰撞，木刀咬合纠缠。眨眼间两人又分开，远远跳离。不等摆稳架势，权平便急袭而来。庄六沉着挡回迅猛一击，看似不费吹灰之力。再次跳开，稍稍拉开距离的权平复又攻过来。

权平的进击步法不能不说敏捷有度，猛然刺出的木刀以迅雷不及掩耳之势袭向庄六前臂。权平那一击俨然某种高深莫测的拿手绝活，却被庄六气定神闲地轻松化解。

观战至此，半十郎一步步退身向后，穿门而出。

榑屋町街道两旁虽有灯光从住家透出，那微光却不足以照亮脚下。半十郎心中疑云重重，一个问答场面逐渐清晰起来，是石桥银次郎与矢野当家人藤藏间有关家仆庄六的那番对话。当银次郎问庄六是否“身手相当了得”时，半十郎记得藤藏真真切切地答道，“哪里话，只当是个有年头的门人，对本门技法颇有心得”云云。

而刚才所见一幕，与藤藏所述完全不符！半十郎暗想，面对矢野道场高徒长坂权平，庄六竟能这般应对自如，难道自己看花了眼？！

——绝非如此！

半十郎摇摇头。如今虽已功力大减，半十郎身为直心流剑士也曾名噪一时。判明这点事绝不会出错。假如半十郎判断正确，岂不意味着那严谨正直的矢野藤藏撒了谎？

半十郎感到，层层迷雾中又一重大疑点渐渐成形并浮出水面，这就是理所当然地应将兼子庄六也列为入秘太刀“马骨”的查访对象。

半十郎当前只打算将此疑问深藏心间，无意透露给石桥银次郎。

二

不知是因为事先了解到女主人不在家，心理作用觉得长坂权平家看起来没精打采、暗淡无光。通告来访后，半十郎与银次郎被晾在玄关等了好久。

被让进客厅又过了相当长一段时间，好歹上来了茶，香喷喷、热腾腾的茶大概就是长时间等待的好处。通报主人有客来访、进内客厅掌灯、再端茶上来，颤颤巍巍忙前忙后的都是一位白发苍苍、弯腰驼背的老婆婆。半十郎猜测，老婆婆八成是老早就服侍长坂家的女佣。

最后总算把长坂权平盼了出来，两人客套一番。因先前打发伊助来通禀过，权平像是早有准备，身着外套裤裙出来迎客，可能因为夫人不在家，好像连该刮胡子了也想不到，两腮连着下巴胡子拉碴，一副邋遢相。

若是一部浓黑的胡须倒也能凸显男子汉气概，权平的胡子偏偏又薄又稀，到下巴处简直就像沾了一层烟灰，使得那枯干的瘦脸更显寒碜。更不用说不合时令的罗绸和服外套里面的衣领还皱皱巴巴了。

“有何要事？”权平问。小出家老的外甥逐一逼迫矢野道场旧门人比武一事，他像是从道场师兄冲山或内藤老人处有所耳闻，总觉其表情中透出一丝不安，两眼在半十郎与石桥间打量来打量去。

“确有要事，深夜前来叨扰……”半十郎回头看看银次郎，心想尽可能别让眼前面色苍白、骨瘦如柴的权平与此事有瓜葛，“详情由这位石桥来讲。”

“想必你从其他几位处已听说了……”银次郎固然没以家老外甥身份耀武扬威，却一点儿也看不出对权平有任何同情之心，丝毫不客气地开门见山道，“受人之托，在下正追查矢野家所传名为‘马骨’的秘太刀传人。”

“听说了。”权平两眼茫然地转向银次郎。

“现已得知，上代道场主仁八郎将秘太刀传授给了矢野道场的高徒。那……”银次郎上体前倾紧盯权平，“容在下直截了当，传人可是你？”

“不是不是。”权平忙不迭地摆手。尽管肯定预想到会提出这个问题，权平还是显得极度慌乱，甚至红了脸，“敝人也算在高徒里纯属充数，根本不具备获传秘太刀的资格。”权平抓着膝盖语速极快地辩解：“请查查别人，除了敝人，高徒们个个都是非同小可的高手，去查查那些人如何？”

“所有人都来这套，对在下避之不及。”石桥银次郎挺直身子目不转睛地盯着权平，上体又向权平稍倾，“不过本人不像乡巴佬那么直肠子，偏偏爱闹别扭！别人的话在下绝不会说信就信，疑心重着哪！”

权平目瞪口呆地望着银次郎，一脸不解、哑口无言，不知他到底要说什么。

“你讲的这些当然也不会轻信。”银次郎重申道，“要在下重复你刚才说的那些实在失礼，不过常听说越是其貌不扬之辈越可能是秘太刀传人。待在下转身一走，你该拍手庆幸蒙骗过关吧！”

“听这一番话您真是疑心过重之人！”权平头一次发出愠怒之声，“敝人绝非那般心术不正之徒，您不相信也没办法，那要敝人如何效劳才能令您满意?”

“与在下一比高低。”银次郎话声间不容发,“动手比试比试,所有嫌疑便可冰消瓦解,岂不痛快!”

“不成,绝对不成!”权平语气强硬表情坚决,像只受到攻击的小龟立刻进入防御态势,“矢野道场禁与他派比武,难得您一番美意,恕难从命!”

“嘴好硬!”银次郎不无嘲讽道,“不比武,你就难脱秘太刀传人嫌疑。如此一来,将来出了什么对你不利的状况也……”

“听天由命!”权平对银次郎的威胁毫不屈服,“绝不因怕事就违背道场规约!”

“冲山茂兵卫、内藤半左卫门都已比试。”

“有所耳闻。”权平竟出人意料地露出一丝冷笑,“两位都没讲内情,想必受了什么胁迫才不得已而为之。瞧敝人这二十五石的贫苦日子,要找到胁迫的由头可得费些工夫!”

离开长坂权平家,两人走在只见灯笼微光的夜路上,半晌无言。

面对权平超乎寻常的韧性,银次郎的威胁最终没能奏效,铩羽而归。看他那窘相,不知为何,半十郎心里竟十分痛快。他沉默不语,同时清楚银次郎似乎也在这不语之中左思右想,千方百计地要将权平拖下水。

距沿河路不远了，隐隐听到河水之声时，银次郎抬头看看半十郎。

“权平媳妇还没回家？”

“没有。”

“听说快半年了。只晓得因病回娘家并非实情，那真相又是什么呢？”

三

“如浅沼大人所知，长坂家乃世代御供目付之家，权平继承家业时家禄八十石。”三宅重兵卫道。重兵卫是权平亲戚，权平之妻登实的兄长。“因参勤队列与他藩发生纷争时处置不当，令全藩陷于不利境地而被减掉三十石，又调了职。”

“调职为贷米役？”浅沼半十郎问。

为使权平改变心意接受比武要求，眼下有必要稍稍了解其家务详情，要想办法与其妻娘家搭上话，从其妻口中或从其娘家人口中打探出实情。半十郎同意了银次郎这一要求，今天与银次郎一起前来拜访歇班在家的三宅重兵卫。

当然决不触及秘太刀“马骨”，其他的则不过多掩饰。半十郎聊完与权平的交涉经过，提出银次郎想打听点事情的请求时，重兵卫竟出人意料地爽快答应了。

三宅重兵卫供职御纳户，半十郎在本丸御殿执勤时与其熟识，身份地位不相上下。基于这层关系倒是无须客套，然而重兵卫若来一句无稽之谈无可奉告之类的话自也无计可施。既然重兵卫没这么说并积极配合，可见给足了半十郎面子。

尽管这样，当银次郎借机请权平妻子也同席问话时，却被重兵卫一口回绝。说登实抱病在身，自己可代为回答。虽由半十郎代替银次郎询问，因很难说银次郎要打听的事情是不是合乎常理，故此半十郎心里依然放松不下。

“正是，贷米役。”重兵卫道，“若保住这职位也不会家庭不和，不会造成被家臣们评头论足的尴尬的事态。常有人议论权平之妻性子刚烈，是个拿丈夫不当丈夫的女人。登实个性再强，原本也是生性温和的女子。说她脾气暴的自然是权平，可谁知道这是不是在为他自己开脱？”

“不不，在下不以为这是开脱之辞。女子的性情会因生活环境变化而改变。”半十郎忽地想起妻子杉江，又道，“后来再次被削减家禄调职到现在的兵具方，是在三年前的御前比武中意外失手之后吧。”

“败下阵来，惹恼了藩主。”重兵卫似乎觉得有必要解释一下，便将目光转向石桥银次郎，放缓语调细细道来。

御前比武是指家臣武艺考核中的剑术考核部分，之所以备受重视，是因为相对每年家老到射箭场或步枪射击场考核弓箭、步枪射击水平，剑术考核两年一度，由住在领地的藩主亲自检阅。对剑术有自信者苦练技艺皆以这一天为出人头地之时。另外，检阅之年道场间有时也会比武较量，同样广受藩内注目。

那次御前比武，外界评论长坂权平拥有压倒性优势，结果却被轻易击败。对手是在励武馆学习小野派一刀流的剑士。

见权平败北，藩主播磨守大为震怒。并非怒其惨败辜负舆论期待，而是怒权平在比武中有气无力、敷衍了事的态度。因播磨守本人就是小野派一刀流的剑客，并在江户府邸开设道场招募名师，一眼识破长坂权平毫无气势的比武姿态，忍无可忍之下严惩不贷。长坂权平因愚弄本该严肃对待的武艺检阅，当场家禄减半调职处理。

谁也不清楚长坂权平为何在人们所说的严肃比武中不全力以赴。权平好像也只是唯唯连声地遵从藩命，搬出宅邸，降职到兵具方上了任。自那时起，权平胃口不好的老毛病加剧，身体消瘦脸色更加苍白。

“权平何故在重大比武中不施展其成名绝技笼手打已成一大谜团，按登实的说法，只不过是怯场罢了。”重兵卫苦笑道，“是否可全盘听信舍妹之言有待考究，登实讲的是权平常在紧要关头胆小怕事，缺少争胜之心。”

“家庭不和由此而生？”银次郎问。

银次郎一直饶有兴趣地听着重兵卫的叙说，难得一次也没插嘴。

“也不是，在那以前家里就有些鸡毛蒜皮的小事。”重兵卫道，“说起来，其实登实是应权平现已亡故的母亲的请求嫁进长坂家的。婆婆去世时，硬把权平托付给了她。权平大约八岁时死了父亲，其后由母亲一手拉扯大。就婆婆而言，就算权平经历了学堂、道场等一般男孩子都会经历的教育过程，或多或少总会难以心安。”

“娇生惯养？”

“不了解是不是那样，说为确保长坂家门平安延续下去，有必要找一位像登实这样的强势媳妇。因此既然过了门，舍妹就有责任与权平一起保全长坂家的长久平安。不成想近来落魄至此，在家不可能不闹别扭。”

“原来如此。”

“二位要了解的情况大致是这样。人们见登实回娘家多以为烈性女子任性用事，对权平抱以同情，其实有更深层原因。”三宅重兵卫说着交叉起双臂，“登实也说没指望家禄会轻易失而复得，但期待权平至少表现出重振家门的气概。令人失望的是权平的应答毫无气势，虽没亲眼得见，从舍妹话中便可想象出那副光景。这便是家中尽知的家庭不和内情，丢人现眼！”

“难为您把话讲到这份儿上，足够详尽，完全理解。”半十郎对重兵卫深深一礼，“刨根问底地打听您的家务事实在失礼，请您多多包涵。”

“那再请教您一句……”银次郎插嘴道，“所闻令妹回来已近半年，近期可有返回长坂家之意？”

“没有。”重兵卫道，“登实这次放出话，除非看到权平精神面貌有所改变，否则决不回去。倒不是袒护自家人，舍妹的想法也不无道理。这话其实不该对外人讲，权平常常偷偷跑来想接登实回去，敝人碰巧也在家时就顺便听听，唉！朽木难雕！”

“此话怎讲？”银次郎听得津津有味。

“世间常见的接媳妇回家的套路，男人哪怕编点瞎话也好，总要表表决心今后如何如何，媳妇还听不进去的话，就得强硬地提出离婚。而权平只会来诉苦，饭不好吃啦，仆人老妈子要累倒啦，净唠叨这些，真没出息！这一来，甭说登实，谁也没心情回去！”

“几天前见他本人，看上去确实如强弩之末……”半十郎对被骂得一文不值的权平稍稍表示了一下同情，重兵卫只是冷冷地扔下一句“那是他小子自作自受”。

“嗯，这样僵下去……”银次郎一皱眉，“言归于好就很难了，感觉离婚倒是条捷径，令妹应该没有此心吧？”

“尚不晓得登实到底作何打算。作为家人，可能的话真想离。可是不成。”

“不成？”

重兵卫没有马上回答银次郎的反问，面露难色道：“下面的话请务必保密。”

“当然，若是不可外传之事，以武士之名担保……”

见半十郎重誓，重兵卫苦笑道：“倒也并非什么不得了的大事。”

“登实怀上了权平的孩子，来家约两个月时才发现。嫁到长坂家十年没生下一儿半女，偏偏在这么敏感的时候怀孕，真有讽刺意味。两口子的事情搞不明白。”重兵卫道。

半十郎与重兵卫对视一眼笑出了声，反应慢一拍的银次郎也跟着笑了起来。银次郎固然还是单身，却也不至于单纯到理解不了夫妻关系奥妙的地步。

“恭喜恭喜！”半十郎赶紧道喜，“长坂也知道？”

“还不知道。登实说不要告诉他。请二位见权平时也别说走嘴。”

“遵命。如此说来……”银次郎道，像是想出了什么好主意，脸上由阴转晴，“肚子里有了权平大人的孩子，那该如何是好？令妹没考虑找个什么理由近期就回家？”

“没问她到底怎么打算，八成也有您说的这个意思。但是很显然，权平来发的那通牢骚根本不能成为回家的理由。”

“那么，若是权平大人立了功，被削减的家禄失而复得也不能成为回家的理由吗？当然就算无法全数恢复，比如恢复到接近贷米役时的俸禄水平，应该就有希望吧？”

“这事更是怪异，还得请教您。”重兵卫眉头紧皱，“削去长坂家一半家禄的可是藩主啊！怎敢指望轻易找回？”

“刚才听您一番话可知那时的处分惩罚意味更重一些，与犯罪所受刑罚略有不同。若只是惩罚，至今已有三年，请舅父居中向藩主说和的余地还是有的。”

半十郎与重兵卫面面相觑，盯着银次郎的眼神像在说：看你还会说出什么异想天开的事儿来！而银次郎毫不理会两人近似非难的表情继续高谈阔论。

“本来任由一时之怒便将家臣赖以养家糊口的家禄砍掉一半，身为藩主岂不太轻率?!”

“岂敢岂敢，这……”重兵卫一脸苦笑转向半十郎，“这位仁兄心直口快，可是……”重兵卫说着又转向银次郎，表情严肃，“您在他处可切莫如此直言。另有一点，只不过是场比武罢了，不清楚您为何盯住权平不放？能否向您请教一二？”

“您的疑虑理所应当，不瞒您说……”银次郎说自己正奉舅父小出带刀之命与矢野道场众高徒比武，比武的宗旨是学习矢野不传流的剑理，当前却迟迟没有进展云云。含糊其词地将秘太刀一案巧妙掩饰了过去。

“矢野道场高徒共五位，但因道场禁止门人与他派比武，至此交过手的只有冲山茂兵卫、内藤半左卫门两人。其后向长坂权平提出比武要求，却被一口回绝，正如浅沼大人方才所言。”

“奉家老大人之命？”重兵卫一脸狐疑。半十郎心中一凛，银次郎则仍满不在乎地侃侃而谈。

“正是。至于舅父目的何在倒是没问过，在下只是下场比武报告战况。趁机也多少捞点零花钱……”银次郎嬉皮笑脸地说起俏皮话，见重兵卫与半十郎不为所动便又板起脸，“总之，在下铁定要跟他过过招。因舅父特别看重这次比武，为使权平大人放手一搏，必要的话，在下愿为家禄一事效犬马之劳，姑且跟舅父议论议论。”

“哦？您真把与权平的比武看得这么有价值？”重兵卫疑心愈发加重。

半十郎心中又是一惊，银次郎却满面春风连连称是。

“能否借您之口询问令妹，若权平大人答应比武，且按在下之计恢复多数家禄，那时可愿回家？这点一旦确定，劝权平大人接受比武就不在话下了。”

“倒也是！”重兵卫拗不过银次郎的这番热情，像是改变了心意，“家老大人执着于比武，背后必有相关隐情，无论这隐情为何都与我等无关。话虽如此，事态能否如您所愿进展也很有疑问，假若比武后家禄能失而复得，哪怕恢复一点点，对长坂家来说也是难得的幸运，因此敝人也想尽力促成这场比武。请稍等片刻，现在就去问问舍妹。”

三宅重兵卫撇下两人起身而去，工夫不大便返转回来，身后跟着一位妇人。

“权平之妻，登实。”重兵卫向两人介绍恭谨地跪坐在门旁的高挑美女。

登实身高与权平差不多，虽比权平骨架更大且体态丰腴，却并无悍妇之感。面目和善，樱桃小嘴边一抹俊俏，很有女人味。

“刚才听兄长讲过。”登实郑重其事地向两人见过礼后，语气平静地开口道，“家禄恢复与否，妇道人家不该多嘴多舌。既要小女子说出自己的心思，那就如实相告。若权平接受比武，并展示出了男子汉气概，小女子当日便回家。若听说比武时还畏首畏尾，即便家禄如数返还，也不回去！”

出了三宅家，半十郎与银次郎沐浴在夏末灼热的阳光里。

默默步行良久，银次郎突然道:“的确是位大美人！”当然是指权平之妻。

“的确，说话也很有分量。”半十郎表示赞同，两人都被这位夫人的气度惊得魂飞魄散，过了许久才回过味来。半十郎言罢，眼前浮现出权平胡子拉碴一脸悲戚的面容。

“权平根本配不上这位强势夫人。”银次郎还在评论，半十郎没搭理他。

四

“舅父答应在藩主面前美言几句，不敢保证二十五石如数奉还，至少能恢复一半以上。”石桥银次郎道，“实际面谈要等到藩主来年春天归乡之时，你若同意比武，舅父说可马上给藩主写信，令驿使送至江户。”

“……”

“不信？”银次郎耐心地向满脸疑惑盯视着自己的权平解释道，“理当如此，有保证人在此。是浅沼大人！绝不会干出比武后便对恢复旧禄不闻不问那般哄骗你的勾当，舅父特立浅沼大人为证人。这不，同行至此！”

“石桥所言属实。如同意比武，家老大人将尽力促成恢复旧禄。”半十郎先打下包票，对权平又道，“五石也好十石也罢，都不必计较，旧禄失而复得本身就是天大的幸运。”

“这个明白。”权平疑虑虽解，脸上表情却没完全释然，“比武也没用，早就说过敝人并非秘太刀传人。”

“不比画比画可不好说。”

“既然如此……”权平躬身一礼，终于下定决心，“敝人同意比武。”

“同意啦？趁你还没反悔，这就出去！”银次郎忙不迭地起身，权平也出房间去做准备。今天权平歇班，比武进展顺利的话，傍晚前理应见分晓。

权平家所在町街距此前银次郎与内藤半左卫门比武的五间川上游马场不远。三人向马场走去，不一会儿便远离街市上了五间川沿河路。

“此处人多眼杂。”接近马场处，半十郎转向两人。往常寂静无声的马场中，今天有几人在驯马。时近黄昏，干燥的空气中尘土弥漫，其间传来责令马匹的厉喝之声。

“这可不妥。”银次郎咂咂嘴，与长坂权平的比武绝不能被外人看到，“如何是好？换个地方？”

与半左卫门比武地点向前约十几米远处有片河滩倒是宽敞，银次郎边说边细细打量，这时权平出人意料地开了口。

“马场再往前有块更开阔的场地，河边有芦苇丛，不会招人耳目……”

“好！就去那儿！”半十郎道。

三人装作没事人的样子溜溜达达经马场旁走过。尽管如此，若有人目睹银次郎与权平肩上斜背的装有竹剑木刀的袋子多半会心中起疑，好在马场上依旧只传来马蹄之音及呼喝之声。越过栅栏扑面而来的尘土气息刺激着半十郎他们的眼鼻。

长长的马场侧道尽头，一侧路面变为权平所说的芦苇茂密的湿地，空气清澈了许多。

七时（下午四点）过后，慵懒的斜阳照耀着浅浅的水流，河面闪闪发光，流经浅滩的潺潺水声不绝于耳。三人走过时，靠近对岸的沙洲上的两只白鹡鸰争相啼叫着向下游飞去。

阳光铺满浅川与沿河路，攀上了芦苇丛。偶有和风拂过，芦苇悠然摇曳，反射出淡淡的光彩。

“的确不错。”半十郎道。沿河路在这儿变成了广场模样的一片平坦的空地，脚下沙土也很平滑，此处用于堆放秋天收割下来的芦苇。权平晓得这地方，与其兵具方身份不符。

“赶紧开始吧！”银次郎目测着悬在河对岸成片的稻田上空日头的高度催促道。权平也背过身去蹲下，麻利地扎紧袖带、头巾。

“用哪样？竹剑不行？”半十郎道。

银次郎摇摇头。

“不行，用木刀！不动真格的，难以全身心投入。”

“权平，如何？”

“悉听尊便。”权平说着起身从半十郎手中接过木刀，轻轻抡了几下。

银次郎瞧瞧权平神色，开口道：“无须客气，权平！说到做到，就当实战对决罢，拼全力杀来，本少爷也决不留情！”

银次郎这盛气凌人的口气，令半十郎隐隐感到一丝不安涌上心头。

半十郎眼中，火把光亮下施展神技刺向兼子庄六的权平的身姿尚未远去。半十郎凑近刚扎好头巾的银次郎身旁低语道："切不可轻敌！权平恐是众徒中屈指可数的高手！"

"晓得啦！"银次郎道。虽说晓得了，银次郎可没见识过那夜的权平，半十郎仍放心不下，但已不便多说，立于紧握木刀相对而视的两人中间道：

"在下不才居中为证！一招决胜负！开始！"

半十郎话音刚落，两人不约而同纵身后撤拉开距离。

对峙片刻后举刀前冲先发制人的又是银次郎。紧盯权平脚不离地前移两三步，银次郎的步法慎之又慎。半十郎看得出，不管他嘴上怎么说，内心却不敢有半点大意。这才算得上真正意义的决一胜负。

权平面无表情，双眼一眨不眨地盯着银次郎，脸色更加苍白但毫无惧意，防着银次郎的进攻，时而后撤轻轻左右移步。再细瞧，这步态已巧妙地将对方攻势化解于无形。不过权平似乎根本没有主动出击的意愿。

估计银次郎对此已有觉察并焦躁起来。只见银次郎后顿一步，就势离弦剑般疾奔向前，伴随着一声断喝，凌厉的攻势旋即展开。

权平迎击不怠。但就在这一瞬间之前，半十郎捕捉到权平一个奇妙举动，即银次郎跨步向前的同时，权平像被疾风推动般微微后退一两步。也可视为因紧张而导致的步法失常。

权平随后敏捷地移身前驱，磕开银次郎的木刀，这令半十郎怀疑那一瞬间的奇妙举动是不是自己的错觉，而那影像的确已清晰地刻印在了眼底。

不容多想此为何意，木刀并举厮杀正酣的两人怒吼着错身而过，就势前冲、收脚回身，再次逼近厮打。银次郎击向权平肩膀，权平则抡木刀猛袭银次郎前臂，激烈对攻中两人都巧妙地施展防御技法规避危险，再次急退后以较近距离正眼对峙，怒目相视。

在半十郎眼中，权平举手投足虽稍显僵硬，却也不愧为矢野道场得意门生，破解银次郎攻势凌厉的木刀游刃有余。

情况不妙！留意到权平面色的半十郎心中暗惊。激战间权平神色骤然大变，原本苍白的脸色已接近灰色，双眼固然仍盯视着银次郎，却像中了邪一般眼角上吊。口中喘息加剧，而为掩饰这喘息，权平已将鼻孔张大到了极限！

半十郎凭直觉判断，权平此番面色骤变绝非体力不支所致。改变权平神情的是恐惧。尽管权平对此抵死不认，但半十郎断定，权平对这稍有闪失便会搭上性命的木刀比武心存恐惧！半十郎耳畔响起权平之妻的话声：“权平常在紧要关头胆小怕事，缺少争胜之心。”这话若属实，恐怕长坂权平现在的际遇不佳皆源于此。

半十郎思忖间，眼前银次郎与权平复又厮杀在一起。两人你来我往身位变换令人眼花缭乱，旋风般疾速移向距半十郎稍远处再度对攻。“哎呀！”只听权平一声大叫，肩上遭到重重一击。

银次郎并不接受这一结果：“不行，还没亮出看家本事！”听到银次郎不满地嚷嚷，权平则坚持说已尽全力。半十郎走近两人，权平已在动手松解头巾。

“已应约比武，请遵守约定。”权平看着半十郎道，脸色已恢复了惯常的苍白，吊起的眼角也耷拉了下来。

半十郎注视着权平道：“自会守约，参与比武才是重点，无关输赢。现在倒要问问你长坂权平确实拿出男人样全力以赴了吗？”

权平没吭声，低头要解袖带。

“且慢！”半十郎道，“还有事没对你说。实不相瞒，日前与石桥一起探访了三宅大人，也拜会了令夫人。”

权平抬起头。

“当时询问令夫人，假如你接受比武并一定程度恢复旧禄的话可否愿意重返长坂家。之所以这么问，是考虑到若夫人同意回家，你也许就会全力以赴投入比武。”

“……”

“令夫人的回答与我等预想略有不同。回答是，旧禄恢复与否不是问题，若得知你接受挑战并打出男子汉气概便回家，反之若在比武中不能展现出武士姿态则一概免谈。”

“……”

“再问一次，你在今天的比武中尽力而为了吗？能够对妻子说自己男子汉大丈夫般死拼到底了吗？”

“……”

“另有一事，本不该提及，夫人已怀上你的孩子。你不觉得她心里肯定急切地想回家吗？”

半十郎说完，眼瞅着权平脸上泛起红晕。权平背过脸，望着正坠向河对岸广阔稻田中的残阳，接着身子也完全转了过去。那么一动不动地静立片刻后，重又系牢袖带慢慢扎紧头巾，转向半十郎与银次郎道：“那请再比一次。”

“放马过来！”银次郎道。

“这次决不留情，请您当心刀剑无眼！”提刀对立，权平向银次郎招呼道，语声沉静却自信满满。权平与银次郎持稳木刀快步拉开距离蓄势待发。

“您瞧，拳骨都给敲碎啦！”银次郎说着，扬起缠着厚布的左拳给权平之妻登实看。今天三宅重兵卫登城不在家，接待半十郎与银次郎的是重兵卫之妻与登实两人。“大夫担心有根手指头八成再也动不了啦！”

“事后确认过矢野当家人，比武中权平大人施展的拿手绝活名曰‘拳割’，据说在道场内被长期禁用。”半十郎道。

“那长坂……”登实望着银次郎，脸上流露出不放心的神情，“与您的比武不算丢人？”

“当然当然！在下一败涂地！”银次郎的话让半十郎回想起应称之为殊死搏斗的第二次比武，这轮较量权平始终先发制人频频出击，最后一记拳割将银次郎打翻在地。半十郎眼前不由浮现出银次郎将被击裂的拳头紧抱胸前，球一样蜷缩在地的惨状。

“确实比出了英雄气概。权平大人不愧为矢野道场的‘笼手打’名人，丝毫没有辱没矢野之名！”半十郎赞赏道，登实闻言眼圈忽地变红。半十郎赶紧催促银次郎起身离座，想必这番话令权平之妻流下了欣喜之泪。

到了外面银次郎嘟囔起来："结果又是白忙一场！都打成这样了，'马骨'模样的招式还是没打出来。本少爷净受重创！"

"咳，这就不错了吧。至少弄清楚了权平并非秘太刀传人。"

"还剩两位！"银次郎低语道。

风儿卷着秋的凉意从身边吹来，包拢住并肩而行的两人。

战火复燃

一

岁末忽降大雪，全城人在大雪严密覆盖下过了年。量大得让人以为不可能再消融的积雪，刚过正月初三就开始融化，到初十前后只剩下房屋背阴处及树丛间还稍留有痕迹。

北方少有的晴天还在持续，阳光不强却也终日照耀着家家户户的屋顶、街道、水量锐减的河川。碰上没风的日子，温和平静的一天从城中溜过，甚至有置身春天的错觉。好在天光遵从季节规律早早黑下来，太阳落山后骤然而至的寒夜冰冷凛冽，提醒着人们冬季仍未远去这个不容置疑的事实。

一天，近习头目浅沼半十郎正点离城，在空中还留有一丝暮色之时回到家里。昏暗的门前，家仆伊助好像正在清扫道路。

见主人回来，伊助停手道声：“您回来啦！”

“伊助，去扫墓了？”半十郎问。今天妻子杉江应由伊助陪同去菩提寺扫墓。

“没有，没去成，老爷。”伊助没精打采的回话出人意料，

“陪夫人出了门，可走到半路夫人又回来了。”

“半路返回？”半十郎皱起眉。

今晨登城前，杉江提出要去扫墓，当然即刻得到了半十郎的应允。

杉江想去扫墓是个好兆头。好不容易盼来的儿子因病夭折已近两年，想去扫墓甚至可以看作是经过这么长的日子后杉江终能接受爱子已死这一事实的标志。

杉江对丈夫半十郎仍采取婉拒态度。因为儿子死于丈夫的疏忽——恐怕杉江就是这样认定，这大概能让杉江多少排解掉一些悲伤。只是如此偏执的情绪郁积于心底深处，绝非一朝一夕可以改观。

不过在其他方面，杉江看似渐渐恢复了心神的平稳。近来，长时间撒手不管完全托付给婢女阿笔的厨房，杉江开始时常出入了；对儿子死后总感觉避讳其接近身前的女儿直江，杉江也开始搭搭话照顾照顾了。

这半年来杉江突然足不出户将自己深锁宅中的状况令半十郎暗暗担心，尽管杉江曾经一度不辞而别地回了娘家，并将半十郎骂得狗血喷头。综合考虑以上情由，当今晨杉江主动提出要去扫墓时，半十郎不禁暗自欢喜。

——结果，半路返回……

半十郎苦笑自己欢喜得太早。总之一般办法看来是行不通了，半十郎思索着应对之策，为慎重起见又问："半路返回，可有什么原因？"

"夫人只是说累了，要换个日子。"伊助道。

伊助五十三岁，满头白发，身体却还结实且不辞辛劳，诚实耿直的品性在家仆中甚为难得。伊助一脸惶恐，好像扫墓半途而废错在自己。半十郎连道辛苦，宽慰了伊助一番。

在门口道声"我回来了"，迎出来的只有阿笔与直江。杉江一听到半十郎的声音，像是照例又躲进了自己的屋子。

——嗯，若是如此……

半十郎叹息，倒是省去了询问为何中止扫墓这等沉重话题的工夫。

更衣后进了茶间，阿笔端来碗筷准备晚饭，直江坐在矮桌旁。

"请您用餐。"直江说着开始动手分盛饭桶里的米饭，手法跟大人无异，又盛上萝卜大酱汤。直江正月后就六岁了。

"今天都做什么啦？"

见半十郎问话，直江双手置于膝头，举止端庄规规矩矩地答道："今天跟母亲大人学了短刀，还学了被褥的拆法。"

“跟阿笔学的？”

“不，是母亲大人。”

噢，半十郎点头。杉江做姑娘的时候，在一个叫长谷的道场学过短刀，曾被夸赞悟性之高远超其兄新兵卫。突发奇想教直江短刀，就近期杉江的状态来看倒也并不奇怪，而教女儿寝具的拆法，则说明其恢复了照顾孩子的心思，半十郎深信这一点，感觉似乎不错。

衣服、寝具的裁缝、浆洗等活计，在武士家庭的女性教育中不可等闲视之。做得一手漂亮针线活的心灵手巧的媳妇，在婆家被称作巧媳妇。此前杉江一直托付阿笔教直江针线活，现在终于开始亲自教了，形势喜人。

雷鱼片酱烤串端上了晚饭餐桌。阿笔说鱼是当季的，花钱不多就能买到。不过最近近习头目这样的家庭也并非每天都能吃得上鱼的，雷鱼个头不小美味无比。

半十郎回自己房间细品直江端来的热茶。一进门就听到隔壁屋里似是等在那里的杉江出门的响动，半十郎今夜没心思多顾念。固然曲折多舛，半十郎坚信杉江会一点点好起来。

半十郎注意到，直江脸上活泼开朗了许多。孩子是父母的一面镜子，随父母或开朗或阴郁。正感慨不已，阿笔来到屋外说有客人到，来客名叫石桥银次郎。

半十郎起身走向门口，银次郎先来一套开场白，辛苦辛苦抱歉抱歉，接着道：“现在要去会会饭塚孙之丞，可愿同行？”

“不是说了饭塚那里毫无头绪无计可施吗？”

“刚查访到一桩绝好秘闻。只要一亮出来，饭塚就是想拒绝比武怕也难喽！”银次郎道。

二

若值夏季，此时此刻路上肯定还有孩童玩耍，而在冬日天却黑得深不见底。银次郎手中灯笼之光堪堪照亮脚下，两人走过的路上，前后不见一丝光亮。

顶着从黑暗深处袭来的寒气，半十郎问银次郎，孙之丞有何秘密。

“见了面自然便知。”

“休要装模作样！快讲来听听！”半十郎催促道。饭塚孙之丞乃自己属下，身为上司的半十郎很放心不下被银次郎攥住所谓秘闻的把柄。据半十郎所知，饭塚孙之丞为人表里如一，性格耿直却不粗鲁、开朗又不失谨慎谦和。

很难相信会有令这孙之丞在银次郎面前屈服的秘密。不会是银次郎误会了？半十郎无意中已动了庇护部下之心。周旋于银次郎与矢野道场众高徒间，因与小出家老有约在先，职责所在不得已而为之，决不想看到饭塚孙之丞因什么秘事而陷于窘境。

见银次郎不吭声，半十郎再次施压："孙之丞原则上不是会与秘事、秘闻扯上关系的人。你是不是误会了？"

"非也，绝非误会。"银次郎像是受够了半十郎紧追不舍的逼问，终于坦言说孙之丞曾在某次比武中故意输给对手。

"这能成什么问题？"

"很成问题！"银次郎道。夜路上只有灯笼微光，行走间又看不清表情，但从银次郎的语气中可听出其相当自信，"孙之丞诈败的可是御前比武！四年前那次，还不觉事态严重？"

半十郎低哼一声。银次郎所言御前比武，无疑是指一年一度的藩士武艺检阅大会。检阅藩士日常习练成果一般是家老、中老等的政务职责，当藩主身居领地时，藩主会亲自检视剑术比武。

按惯例，弓箭比武在城内二环箭场，剑术则在励武馆举行，有时也会在二环广场为藩主以下众人搭建看台观赏，也就是以御前比武的形式检阅。半十郎记起，四年前的藩主检阅正是如此。

“对手是？”

“听说是井森敬之进。”

“御史番[1]家的井森啊，他可也是位高手。”

“有人说孙之丞略高一筹。”

“谁说的？”

“氏家清太夫。担任两人那场比武的裁判。”

“啊，确有此事！”半十郎道。因剑术比武多达十几轮至二十轮，裁判也由四人轮流担当。氏家长期供职勘定方[2]，几年前将家业管理权让出后隐退。因其在励武馆学艺于小野派一刀流的安藤孙兵卫，曾被誉为第一高徒，隐退后也常被鼓动去担任裁判。

同日，因半十郎本身被选为足轻组长枪射击检视人之一，去了寺前町箭场，故而没能欣赏到孙之丞与井森的比武。

“孙之丞为何在如此重要的比武中将胜局拱手相让？”

对半十郎这看似漫不经心的问题，银次郎并未马上作答，

1. 御史番：古称使役，在战场上行使传令、监察、出使敌军等职责。
2. 勘定方：金钱出纳官。

等半十郎再催时，才讲出下面这段话，并承认其中部分内容属于猜测。

饭塚孙之丞与井森敬之进分别于不同道场学习剑术，学业方面则是藩校讲学馆的同级生，两人是知己挚友。另外还有一位同级密友名叫加治新之助。加上加治，三人年轻时常常扎堆，或在各家聚会或一起出海钓鱼，因此即便如今孙之丞与加治已各自继承家业进城供职，三人仍于歇班时相约而聚。

加治新之助有个妹妹名曰素女，三年前嫁给了井森敬之进，尚未生育儿女。

“这女子乃问题所在。”银次郎道，接着讲出一段想不到会从他口中说出的趣事，“真是位佳人啊，风采依旧。”

三个男人的交往经历了漫长的岁月。当然，在这漫长的岁月中，孙之丞也好，敬之进也罢，哪怕只是惊鸿一瞥，也都留意到了新之助之妹已破茧化蝶般出落成一位美人，自然也都报以极大的关注。

加治家对此早已心知肚明。只不过加治家与敬之进家同样供职御史番，或许是常领藩命出使他国形成的职业特色，加治家比一直供职城内的家庭家风更开明。可能基于这种心态，加治家并未对两个年轻人对素女抱有兴趣横加指责。

非但如此，加治家上辈当家人加治左门在四年前武艺检阅时得知孙之丞对阵井森敬之进后，竟扬言将把素女许配给比武得胜者。

“所谓属于猜测的部分，正是这段逸闻。谁也没亲耳听到加治家的老辈这样说过。”银次郎不停歇地接着讲道，“据说比武前这传言闹得沸沸扬扬，而且就在最近，又听说传言已被证实并非传言。”

“噢？此话怎讲？”

“有个叫鹿间的人常常出入小出宅院。”银次郎道。

鹿间比孙之丞等人稍稍年长，供职右笔役[1]。加治素女嫁进井森家后，鹿间偶然在城中廊道尽头听到加治新之助对孙之丞说的这番话——

“舍妹本意像是想要嫁给你。可惜啊，家父也以为你会取胜才那样许诺。”

鹿间道声失礼从站在道边说话的两人身边走过，瞥见孙之丞脸上血色顿失。

“原来如此，那……”半十郎道，“你就此推测孙之丞四年

1. 右笔役：武士职名，掌管文书、记录等。

前故意输掉比武，将加治大人的千金让给了井森？”

“哪里哪里！”银次郎难为情地笑了，这表情真不多见，“在下可没有那等眼力！不过听到鹿间说这话时，感觉其中必有隐情一点不假。因为当时比武期间的传言啊什么的鹿间都记得一清二楚，所以不费吹灰之力就知道了裁判为氏家。于是前去拜访氏家老前辈，听其讲了事情原委。”

“真够热心！”

“在下豁出命去也要抓到点孙之丞的把柄。”

“氏家清太夫明确说出孙之丞诈败？”

“没有，没那么说。那可是御前比武，岂敢说三道四。不过他连说两遍，孙之丞技高一筹，比武结果匪夷所思。”

“原来如此。”半十郎琢磨，果真是场虚假比武？井森敬之进也算是城下小栗流贝塚道场有俊才美誉的得意门生，难道会比矢野道场创始以来的天才剑士饭塚孙之丞略逊一筹？

“没道理没道理！”半十郎情急之下不知不觉中讲起了家乡话，“就算这样，孙之丞为何要把姑娘让给井森？这点你有何高见？”

“不清楚。”

“饭塚百石，加治位居御史番头领，四百石。不敢高攀？”

“不无可能。”

“既然承诺要嫁过来，大大方方赢得比武，娶进媳妇岂不美哉？”

“另外还有相貌一说。”银次郎道，“井森敬之进是位令市井女子回眸相顾的美男子，比较起来，孙之丞则相形见绌。”

“一派胡言！”半十郎又吐露乡音，“这才叫睁眼说瞎话！孙之丞仪表堂堂毫不逊色。”

“可惜并非美男子。”身为美男子的石桥银次郎陶醉于自说自话中，此时两人已来到饭塚孙之丞家门前。银次郎高举灯笼照了照院门。“只是一个街门，相差便如此悬殊，想必孙之丞心境也是相当复杂。嘿，会会本人便知分晓。”

三

“不必多虑，我只是受家老所托来此引见石桥，请以矢野道场弟子身份应对便可。”因为有了半十郎的这番铺垫，饭塚孙之丞挺起胸膛直面银次郎。

“矢野道场传授过名为‘马骨’的秘太刀一事，你可知晓？”

“有所耳闻。”

“你可是传人？”

“传于属下？”

孙之丞目光锐利地迎视着银次郎。此乃剑士之眸！孙之丞面庞瘦削，颧骨突出，眼睛偏小，嘴巴稍大，的确称不上美男子，然而紧绷的双唇、闪着寒光的双眸无不勾画出一副精神饱满、充满男子气概的面容。

据说孙之丞如此精瘦是因其直到现在仍会于每日清晨猛抡上一阵子木刀，过度消耗体力所致。孙之丞目光炯炯正对银次郎，语气平稳柔和：

“属下算是初来乍到的新门人。听说足下已多方调查过了，道场前辈中武功卓绝远超属下者大有人在，秘技怎可能传给身为晚辈的属下？！”

“听说你是矢野道场开创以来的第一剑士。”

“那只是……”孙之丞轻声道，“以讹传讹。五花八门的评头论足既滑稽又可笑，而事实却不尽如人意大煞风景。道场里打得属下难以招架的前辈比比皆是。”

“比如？”

“北爪平九郎大人、冲山茂兵卫大人、长坂权平大人……”

“有点谦虚了吧？”银次郎道，“北爪大人尚不知详细，你的本事不在冲山、长坂之上？”

“这只不过是足下臆测。”

“那请赏脸让在下确认一番。”银次郎道，“比一场如何？”

“为验证属下武技，还为查访‘马骨’？”

“提剑比试比试，眼前你说的一切便会不言自明。”银次郎语气中自信满满，而孙之丞斩钉截铁地一口回绝。

“本门禁与他派比武，恕难从命！”

“这话太不近人情，”银次郎脸上露出一丝冷笑，“在下岂是你三言两语就能打发得了的，你若铁了心不答应，将陷于不利境地。”

“……”孙之丞并不理会银次郎的冷笑，一言不发，目光犀利地注视着对方。

“这样吧，你我在此做个交易如何？打开天窗说亮话，在下握有你一个把柄。答应比武，此事决不外传；若仍一味拒绝，说不定就要对外大肆宣扬一番了。”

“什么交易，尽是奇谈怪论！”孙之丞道。银次郎的口气挑衅性十足，但孙之丞不为所动，语气依然平静。“听说足下也这般要挟我门其他前辈，逼迫其违禁比武。属下想不出有何不得不接受比武的把柄。这交易根本不成立！”

“果不出所料，饭塚孙之丞！”银次郎慢慢收起笑容，进而语气中加入了些许恫吓的意味。随着强迫矢野道场众高徒比武这一事态的推进，银次郎的威胁手段似乎也越来越高明。

无耻之徒！半十郎暗骂，这是半十郎第一次如此分明地痛恶此人。倒并不全因为威胁的是自己的部下，半十郎最近感觉银次郎对秘太刀“马骨”的热情已近乎偏执。

另外，小出家老理应目睹过外甥伤势不轻，也必定一一听取过密报，知晓银次郎此前称之残酷亦不为过的比斗经过，似乎依然毫无中止查访秘太刀之意，这令半十郎对其产生了不信任感。难道家老不该从银次郎所负刀伤上一眼看出比武中稍有闪失，亲外甥就会性命不保吗？

——这样都不能罢手的原因何在？

这不能不让半十郎疑窦丛生。小出家老的确列举了至少三个要揪出“马骨”杀手的理由，可也绝非紧要到要赌上外甥的性命。家老会不会另有他图？其中会不会深藏令其进退维谷的隐情，以至于宁赔上银次郎的命也得查出秘太刀传人？

这么一琢磨，半十郎胸中泛起疑念：自己实际上正被家老出于另外的目的利用着？心里非常不痛快。

半十郎近来明确了自己的职责，就是要防止比武出现灾难性的状况。为此要确保比武暗中进行，避免公开化。半十郎认为身为小出派的一员，保证比武的隐秘性乃自己的本分。一旦比武失控事情败露，小出家老难免会陷入藩内责难的尘嚣之中。固然不确定家老是否对自己寄予了这般期望，半十郎心意已决，无论如何都要尽职尽责。

尽管态度明确，可当面对孙之丞遭银次郎恫吓这一场面时，半十郎感觉自己像在部下面前扮演了为虎作伥的角色，甚为不快！

已不能再沉默下去，于是半十郎首度插嘴道:“威胁是这位仁兄的惯用伎俩。孙之丞，用不着当回事！”

听到这话，银次郎恶狠狠地瞪了半十郎一眼。孙之丞则轻轻一礼。银次郎道声“恕在下直言”，说道：

“四年前在城内二环举行武艺检视比武时，你故意败给了对手。”

“……”

“对手是井森敬之进。”

孙之丞仰头看了看顶棚，接着垂下头来，眼瞅着面上泛起红晕。占了上风的银次郎对孙之丞穷追猛打。

“听说那可是御前比武，这岂不成了欺骗藩主？！”

孙之丞一声不吭，自顾垂首一动不动。半十郎凝视着孙之丞，心中隐隐作痛。尽管银次郎言之凿凿，然而半十郎心中某处仍满怀期待，孙之丞怎会在公开比武中弄虚作假呢？！

期待落空。看看孙之丞的神情便一目了然，半十郎暗暗惋惜这年轻人的草率。孙之丞果然是意志坚强之人，面色很快恢复平静，抬头轻声问：

“答应比武便守口如瓶？”

“正是。”

“那在下接受。”

一位比半十郎家伊助年长许多的老仆人，备好鞋子点亮灯笼送客出门。孙之丞家只有母子两人，院子里静悄悄的。

目送石桥银次郎先走进院里，半十郎故意延迟一步，下至土间回身问孙之丞。

“到底因何诈败？”

“……”

“绝不外传，讲！”

“本以为素女小姐想嫁敬之进……”

“看起来像常言说的情之所钟？”

“嗯。”

半十郎脑海中又浮出那个满脸粉刺的年轻时代的情景。有个叫蜂谷的是供职御番头的蜂谷家的三子，现已被住在邻藩的亲戚收为养子，当时与半十郎之妻杉江的兄长谷村新兵卫交往频繁。在讲学馆临桌而坐，比半十郎大两岁。

半十郎常在杉江家碰见这蜂谷。去谷村家未必一定能见着杉江。当然并非没有款待两人之意，新兵卫偶尔长点心眼才让杉江沏茶端来。每当这时半十郎就因蜂谷在座而十分不适。

蜂谷相貌堂堂风采卓然，又是上士之家子弟，跟杉江搭话潇洒大方，不像半十郎扭扭捏捏不敢正面直视，半天说不出一句话，一副窘态。而杉江见有人搭话，虽是谦恭有礼却也爽快干脆地对答如流，谈笑间瞄都不瞄半十郎一眼，令半十郎郁闷不已。

半十郎好歹压制住难以言说的熊熊妒火，每逢这种日子离开谷村家时，心中总是没由来地漾起阵阵痛楚。

好在后来顺利迎娶杉江过门，谈及当时的心情，杉江忍住笑道："您真不懂女人心。"

杉江接下来的话惊得半十郎目瞪口呆，杉江说女人不会对意中人喋喋不休地说个不停；而且故意亲近蜂谷，也有让在场的半十郎吃醋之意。

这位素女小姐与杉江是不是同一类型当然无法判定，只是这旧时情景清晰地在记忆中复苏，半十郎就忍不住要说点什么。

“女人行事，有时似乎与本意相反。唉，现在说这些为时已晚。”

半十郎跨过门槛又后退一步返回土间压低声音问:“你单身一人至今未娶，是不是与那叫素女的女子有关?”

“无关。”接着孙之丞又慌忙补充，“无关，绝对无关！”但语气明显缺少历来的那份坚决。

“那就好。”半十郎说着到了外面。门外灯笼光下，见银次郎与饭塚家的老仆人正回身等半十郎出来。

“留步，”半十郎拦住送出门外的孙之丞，而后留意着银次郎那边低语道,“适当应付一下比武，输了也无妨，用不着太当真。”

此时此刻，半十郎根本无法预知这句话后来酿成的灾祸。

石桥银次郎与饭塚孙之丞间的比武于五日后在习练结束空无一人的励武馆进行，半十郎居中为证。比武在一番激烈对抗后以孙之丞肩部中刀认输告终。

四

收拾停当准备离城，半十郎出了办公房见谷村新兵卫沿走廊迎面走来。半十郎问:“又有什么事，跑到这里来?”

“没事没事。”新兵卫答，“来看看你回去了没有。”

“那来得正巧，一起回去？”半十郎道。

石桥银次郎与饭塚孙之丞于励武馆比武后已过去了近二十天。那之后又下了一场大雪，城下还遍布着积雪的痕迹，照射在雪上的阳光日益强烈，日落时刻一天天渐晚，明亮的天光似在宣告，春的到来已为时不远。

半十郎与新兵卫沿着依然亮堂堂的走廊一同走向门口。

“有什么急事？”半十郎话音未落，新兵卫就心事重重地小声嘟囔，说有事也算是个事。

“到外面再说。”新兵卫道。年底那会儿，同一时刻城内已昏黑一片，离城时在走廊里也极少遇到他人，眼下情况大变，还有相当多的人徜徉于城内，时而点头致意擦肩而过。

怀抱一大摞文件急匆匆走进里面的怕是事务方面的人，看样子刚要开始加班。半十郎寻思，新兵卫强调到外面再说，多半是为避讳这些人。

过正门来到三环广场，距日落尚有些工夫的阳光倾泻至此，离城的人们熙熙攘攘拥挤不堪。在人群的踩踏下，曝晒一整天后的广场中央及往来道路上露出了黑色地面，只有交易所和郡代官邸墙根处还有厚厚的积雪残留。

“今天还要去船附町。”半十郎道。

新兵卫问：“为杉江抓药？”

“是啊。”

“那我陪你一段。”新兵卫道。两人被人流裹挟着走向城门。穿三环正门跨护城河出城门来到商人町，离城的藩士、足轻们的身影在这一带才渐显稀疏。

“还要抓药的话，看来杉江病情依旧？”

“不不，好转了许多。”半十郎说了说近来杉江有了母亲的样子，开始照顾直江、虽然半路返回但也至少想到要去给孩子扫墓等诸多变化。

“郎中说，药还抓着可也不必每天都吃了。听说已换成药性极轻的方子。”

“这倒是好兆头，只是辛苦了你。”

“哪里，明天歇班，没什么大不了。话说回来……”半十郎道，“有事要说？”

“嗯。”新兵卫虽是自己找上门来，说话却吞吞吐吐，仍然心事满腹的模样。

去年年底，有人来新兵卫家拜访，是位对其家门有所耳闻但从未谋面的藩士。进门一聊，方知是来劝说新兵卫加入小出家老派的。新兵卫以不参与任何派阀事务为原则，婉言谢绝请其回去了。

第二天夜晚，就像看到前日小出派来人劝诱过似的，这次上门的是杉原派。事由相同。因与访客熟识并多少有些交往，新兵卫费了不少口舌好歹将其劝回。

那一夜给新兵卫留下了深刻的印象。这个杉原派叫佐野的人，不知怎的就冷不丁地出现在了土间，提出求见，离开时还拒绝新兵卫送出门。新兵卫扒着虚掩的门缝偷看，发现佐野在门内侧向外窥视了好久才像融入夜色般隐去了踪影。佐野的举动令新兵卫不由心生恐惧。

“原家老杉原大人病体痊愈，两派纷争愈演愈烈。”

听新兵卫说完，半十郎道：“我也听说两派的人员争夺已相当露骨。这个风口加入其中一派，说不定会遭另一派打击。”

“无妄之灾啊。”新兵卫抱怨道。

“回绝他们不就成了？”

“一直不消停，真让人犯愁。”新兵卫左右扫视人群，压低声音，“刚才说的那两人，新年过后又一趟趟上门，实在头疼！”

“哈！是个麻烦！”

“说话别像事不关己！”新兵卫厉声道，旋即又长叹一声，

“那架势就像是不管情愿与否都要逼人入伙，很难守住自己的孤城喽。”

“拿定主意加入一派如何？”半十郎道，“不比现在悬而未决更省心？”

“一旦参与，必定会卷入相互杀戮中。”谷村新兵卫道。深夜街角厮杀、血溅行者桥这样的传言，看来新兵卫也有耳闻。

这说的都是佐野这种为增加派阀人数豁出去四处行凶之人的所作所为，半十郎道：“那是毛头小子们年轻气盛胡作非为，你就算加入了哪一派，也不会突遭暗算。”

“当真？”新兵卫满脸狐疑。嘴上说着坚守自己的孤城这样冠冕堂皇的话，内心其实极度胆怯。对方若不是妻兄，半十郎会笑出来。

取笑妻兄也于事无补，半十郎打包票道：“当真，小出派也好旧家老派也罢，哪派都行，干脆利索地入派就好。这样出了什么事，派阀也会出面庇护。”

“如果加入杉原派，与你就是对头了。”

“要入杉原派？”

“算是吧。”新兵卫没精打采，“硬要说的话只能如此，又不是自己愿意。”

“那入杉原派就好，未必会是敌对关系。”

“这是何意？”

这次轮到半十郎环顾四周，两人已来到松根町南头屋檐低矮的长屋一角。一路走来日落西山，周围已是夜色弥漫。暮色中，足轻长屋炊烟袅袅。

两人停下脚步。正前方十字路口右转就到了新兵卫回家要过的桥，半十郎则要一直向前穿过路尽头的职人町去船附町。到家天该黑了。

这一带只在树篱根处还残留着细长的一溜积雪，路上干干的。没见什么人影，半十郎还是压低了声音：

“说来话长。我明天歇班，你离城后不来小坐？哦，对了，好久没吃杉江亲手做的菜了，就当来吃晚饭吧。”

五

可到了与谷村新兵卫约定的日子，距离城还有大约半刻时，小出家老的信使来到浅沼半十郎面前，口头传达：有事相托，速来宅邸。

半十郎对杉江如实相告，说后面的事情就交给你了。为招待兄长新兵卫在厨房准备晚饭的杉江情绪一直不错，闻言后瞬时柳眉倒竖。半十郎见状忙补上一句“天黑前一定回来”，当然并无把握，只为姑且敷衍眼前。他出门疾步向小出家老宅邸奔去。

进玄关通告入内，出来一位年轻家士，很快带半十郎进入家老起居室。家士脚步慌乱，紧随其后的半十郎意识到事情相当紧急，顿时紧张起来。

起居间内，家老正与人交谈。此人束着总发[1]，发梢剪短，脸色黝黑，鼻梁高得异乎寻常。年龄与半十郎差不多，三十五岁上下。

半十郎一进屋，交头接耳似在密谈的家老与那人拉开距离抬头看向他。迎视那人时，半十郎忽地感到一阵寒意，赶紧向家老行礼问有何吩咐。

话音未落，小出带刀突然一声怒喝：“银次郎那混蛋瞒着你找人动武？！”

“动武？跟谁？”

“说是唆使井森敬之进跟饭塚孙之丞打起来啦！快去！叫他们停手！”

---

1. 总发：无须剃头，直接将头发高高束成马尾的发型，江户早期是神职人员、学者、医官的发型，后来流行到武士和浪人中间。

“何处？”

“河边！马场边上，五间川！跟这位……”家老说着转向一旁直盯着半十郎的汉子，“跟这位说了后出去的，还不到半刻！”

事态离奇显而易见。半十郎道声告辞当即起身。小出家老在屋里冲正要闭合拉门的半十郎嚷道：“肆意妄为的东西！哪边死了人都得要了老夫的命！都在等着扯老夫后腿?！快去！”

半十郎从若松町家老家出来，沿三环护城河到城南，不进城擦着町南端直奔东边，这是到五间川河岸最近的路。

半十郎选择的路线，不一会儿便变成远离街市的田间小路。半十郎收住脚，撩起裤裙下摆掖牢，跨步在满是积雪的小路上飞奔。

工夫不大，白雪覆盖下的五间川河岸出现在前方，沿岸稀稀拉拉的枯苇绵延不断。五间川在此缓缓转向，流往近在咫尺的街市方向。斜阳照耀着岸边积雪与稀疏耸立的红色枯苇。半十郎踏上连栏杆都没装的简陋小桥，踩得桥板吱吱作响。

过桥右拐顺遍布积雪的沿河路跑下去，马场的马厩及厩旁向东侧延伸的樱花行道树已历历在目，随后间隔开沿河路与马场的栅栏也映入眼帘，唯独哪儿都不见人影。

——来迟了？

半十郎暗暗着急。突感气促憋闷，边跑边抓起一把雪塞进口中大嚼起来，瞬间，仿佛粘连在一起的喉管舒展开来，呼吸又畅通了。

正在此时，传来此起彼伏的厉声呼喝与竹刀相互碰撞的刺耳声响。声音源自栅栏拐角里侧。半十郎沿长长的栅栏跌跌撞撞地跑过去。早已疲惫不堪的双腿，不时磕绊到路上积雪险些跌倒，半十郎已顾不上这些，一味往前冲。

接近栅栏拐角，见栅栏间隙外有人影闪动。半十郎边跑边扯着嗓子大叫:“住手！弃刀！”

遗憾的是，像要盖住半十郎的呼声似的，吼叫声与咔嚓咔嚓的竹刀互碰声再次响起。

半十郎转到栅栏拐角后，与小出家老所言分毫不差，袖带高挽布巾缠头的饭塚孙之丞与井森敬之进正各抡竹刀斗在一处。两人浑身是血，脸上和拳上鲜血淋漓。敬之进伤势尤为严重，头上流下的血染红了半张脸，连扎头巾都被血水浸透。

然而敬之进毫不退让，目光中带着一丝冷笑直视孙之丞寻找可乘之机。这位美男子五官端正的脸上表情凄惨，眉目间满是愤恨之色。孙之丞后背斜对着上前的半十郎，脸颊上一道血痕清晰可见，却看不到面目表情。

于河边能清楚观察两人招式之处，赫然站立着见证人石桥银次郎。半十郎对银次郎厉声呵斥：“还不分开？！让他们弃刀！”

银次郎回头瞥了半十郎一眼，旋即又转向两人。视若无睹。半十郎不由怒上心头。

——好小子！胆敢……

无论如何都要将两人拉开！半十郎连鞘摘下腰间佩刀，调整呼吸正欲杀入两人之间时，眼前情景陡然一变。

两人同时高叫，敬之进与孙之丞攻防间身位骤换。敬之进身躯弹起般飞出，摔落栅栏旁，孙之丞则高举竹刀直指天空，滑行般向前疾奔出三四米。

“好！到此为止！”银次郎道。闻声回头的孙之丞转过身来，无视半十郎却直直地死盯着银次郎。半十郎看得出，那双眼中杀气腾腾。

孙之丞气冲冲返转回来，行至距银次郎身前两米处，停下脚步站稳脚跟，抓着竹刀的手无力地耷拉下来。

“有约在先决不外传，现在誓约被毁，”孙之丞道，与盯视银次郎的骇人目光不同，声音却平静得令人毛骨悚然，“估计足下对上次比武多有不满，再比一次如何？”

“还不住手?！孙之丞！”半十郎斥责道，与此同时银次郎则摆手拒绝。

“不啦！承蒙抬爱，请多包涵。”银次郎道，脸上露出心满意足的假笑，“剑术精湛领教领教，已经大开眼界，请就此回府！”

听银次郎言罢，孙之丞收势转向半十郎，松开袖带解下头巾施礼道：“情势迫不得已，未经许可擅自比武，甘愿受罚。”

孙之丞冲微微点头的半十郎再度一躬到地，看也不看银次郎一眼，径直走向栅栏。栅栏旁好歹撑起上身的井森敬之进正欲站起。

不知敬之进肋骨还是哪儿疼痛难忍，起到一半便蹲下身，单手拄地，脑袋低垂；另一只手则捂住胸口蓄势再起，反复多次。看似因剧痛双腿已无法站立。

站在一旁的孙之丞说了句什么伸出手，井森敬之进却用力把那手拨开。接着就势站起，松解开袖带、头巾，敬之进一只胳膊抱于胸前，像在保护什么似的，稍稍前屈着身子开始挪步。半十郎能看见其血色尽失的侧脸。起初敬之进脚下踉跄，渐渐地步子一点点加快，不一会儿身影便消失在了栅栏拐角处。

目送敬之进离去，饭塚孙之丞也缓步向前。待两人隐没于栅栏之后，半十郎转向银次郎。

“怎会这样？！快讲清楚！”

“将井森敬之进唤至某处，透露了四年前比武内情。”

“呸！”半十郎气愤至极，怒火在心中熊熊燃烧，他竭力按捺住怒气质问道，“说了孙之丞诈败？”

“说了。那是重点嘛。”

“不会把诈败是为把姑娘让给敬之进什么的都说了吧？！”

“说了。不过，本少爷尚未开口……”银次郎一脸坏笑，“敬之进就先说出来了。为将素女让给我？一提诈败，理应猜得到。”

“……”

“这一来，事情就简单了。本少爷将心中推测言无不尽，说孙之丞也对那位叫素女的女子心怀爱慕，为其幸福才相让与你。”

“究竟是何目的搞出这荒唐透顶多此一举的名堂？！用意何在？”

“用意何在？”银次郎一副老子天下第一的样子瞅着半十郎，“用意就在让两人再比试一次呀！这不才叫正义吗？估摸井森敬之进是个男人的话，听了本少爷的话绝不会忍气吞声，必将四年前的比武做个了断。只是为确保万无一失，本少爷又煽风点火挑唆了一番。告诉他们如有意重新比武，本少爷可负责安排。”

“越听越不像人话！这根本不叫正义！”半十郎道，“你精神可还正常？”

“当然正常。”

“那我问你，事到如今唆使两人再起争斗有何益处？何苦要将一对密友变为仇敌？！此前你重翻旧账，借机逼迫孙之丞在励武馆比武，目的不已达到？！”

“非也！”银次郎一双牛眼斜瞪着半十郎，“那场比武，孙之丞太敷衍！刚才听到他自己招了吧？他自己也承认那不能算真正的比武。足下肯定也心知肚明，只是装聋作哑罢了！”

“……”

“在下一定要亲眼见识见识‘马骨’。为使饭塚孙之丞拼死一搏，便谋划了今日一战。”

“……”

“只是敬之进休妻一事实属意外。”

“什么？！”

“听本少爷实情相告后，敬之进当即把媳妇打发回了娘家，接着又提出与孙之丞比武。心情不是不能理解，如此洁癖却也矫枉过正。”

半十郎将目光从银次郎脸上移开，望着栅栏对面宽广的马场。冬日里驯马的人也不多，马场上还覆盖着厚厚的白雪。更远处建有一排狭长的马厩，旁边伫立着成行的樱花树，树枝已稍稍泛红。

低垂的斜阳染映着马场上的积雪，将栅栏长长的影子投射其上。落日余晖在黑魆魆的马厩两侧壁板上无力地反射出微光，马厩一片死寂，静得让人难以相信里面还养着活物。

不只是银次郎的罪过，半十郎心中自责。对孙之丞说与银次郎比武时适当应付一下无妨的自己也负有一半责任。可那时对孙之丞怎么说才稳妥呢？

半十郎回头对银次郎道声“走吧”。迈步动身时，感到夕阳的最后一抹光辉冰冷地贴上了面庞。举目远眺，落日刚好隐身于横亘城西南方的山丘之后。

流经身旁的河水已开始变暗。河水不深，岸边及河中央的沙洲上都有积雪，积雪边缘结成冰盘，冰盘向外伸展像要遮盖到流水之上。河水无声无息地在冰盘间流淌着。

“那……”半十郎看着同行的银次郎问，“查出‘马骨’了？”

“没有，不是孙之丞。”银次郎道，“这小子剑术超群名不虚传，但以本少爷的感触来看并非‘马骨’。”

“感触？”半十郎开始觉得银次郎这年轻人似乎在追求什么

极为虚幻极为似是而非的东西。猛然想起一事，“刚才孙之丞向你挑战，为何不接招？”

“……”

“为何？自知迎战也无法取胜？”

“没人打得过饭塚孙之丞。”银次郎说完忽地嘀咕道，“赤松织卫说不定能赢。”

“赤松？”半十郎灵光一闪，“刚才小出大人府上那位？”

“见过？”银次郎吃惊地盯着半十郎。

“只是打了个照面……”当时不寒而栗的感觉又袭上半十郎心头，“以前没见过这位仁兄，哪路神仙？”

“家父在江户的相识。”银次郎尽量语气随便地答道，“受家父所托来办点私事，马上就回江户。”

“剑客？”

“算不上。”银次郎态度暧昧，“只是会使剑，没问出自哪门哪派。跟孙之丞交交手，肯定有好戏瞧！”

六

那天傍晚，因马场一战让谷村新兵卫等得不胜其烦败兴而归，半十郎与杉江之间再起波澜。几番小吵小闹后又过了大约一个月，其间虽有几天狂风裹着飞雪席卷了城里的大街小巷，季节变迁却丝毫不见迟滞，春天已在眼前。

尽管街町上还到处可见乌黑脏乱的雪块，强烈的阳光普照着城内千家万户，道路已非常干爽，漫步街头时梅花的清香沁人心脾。

一日，不知何时有人进了门，大踏步走近半十郎。半十郎歇班，正在廊子里修整钓鱼竿。来人乃矢野道场的老前辈内藤半左卫门。

“喂！今天太阳可真好！”内藤老人高声招呼。

半十郎将鱼竿放到一旁，正襟端坐施礼相迎:“啊，内藤老先生！日前多有得罪，您精神头不减当日，真是再好不过。”

“还说哪！不知是雪天外出走动少了还是怎的，腿脚有点不灵便喽！”

“那可不成！走走对身体最好，天也暖和起来了，您一定要再使劲走啊！”半十郎对这位老者分外客气，平日不怎么挂在嘴边的嘘寒问暖此时也脱口而出，“来，请进屋，里面说话。”

“不啦不啦，今天就在这儿说。”老人道，“商议完后，即刻告辞。”

“商议？何事相商？”

“如此这般，”内藤半左卫门说着快步凑近前来，“其实是想为浅沼大人手下的饭塚孙之丞张罗个媳妇。”

“这可是大喜事啊！”饭塚孙之丞，还有那位被休回家的素女现在已成了半十郎的一块心病，闻听孙之丞婚事一说，半十郎顿时精神一振，“对方是哪家的千金？”

“这个嘛……”内藤老人躬身低语，“不便大声张扬，御史番井森家的媳妇最近离了婚。说是被休了，其实就是御史番头领加治家的姑娘，性情好姿色佳，打着灯笼都难找。真不明白井森家怎么想的，休掉这么难得的媳妇——周围都议论纷纷，而且……”

“……”

“而且还有人说敬之进与其妻性格不合，夫妇间有嫌隙已非一年半载。”

“啊?!”

“顺便说一句……”内藤老人语声更低了，“这女子老早就对孙之丞暗怀爱意。”

“爱意？”

“的确。”老人直起身重重点头，“可惜饭塚因相貌不够英俊，被井森敬之进抢了去。”

半十郎不禁哑然失笑。当然内藤半左卫门并不了解内情，还反复强调就算孙之丞此前一直忌谈婚事，令其母及亲戚们一筹莫展，若知女方是加治家闺女自然会满口答应。

“今夜还要去见见孙之丞娘俩，打算提提这门亲事，问题在女方。不管怎么说，加治家可是四百石……”半左卫门道，“就算饭塚答应了，老夫去加治家提亲恐怕身份不对，因此多有顾忌。今日到访，依老夫愚见，能否请浅沼大人担此重任？”

“若说身份，矢野同门北爪平九郎大人如何？这位仁兄论出身论俸禄都不低于加治家。”

“不妥，平九郎秉性稍嫌怪异，这种场面派不上用场！”老人不但对御番头直呼其名，连性格缺点都罗列得一清二楚。

“相比之下，浅沼大人身为孙之丞上司绝对胜任，故冒昧登门烦请辛苦一趟，这也是与同门冲山茂兵卫商议的结果。”

“愿意效劳！愿意效劳！”半十郎道。若这门婚事能谈成，不但可消除孙之丞的罪恶感，也颇能抚慰那位素女小姐心中的伤痛，“在下如能胜任，无论何事请尽管吩咐。在下愿做月老去加治家提亲。还有假若孙之丞不肯答应，也请告知在下，届时与您一同前去游说！老先生，越琢磨越觉得这桩婚事真乃天作之合啊！”

内藤半左卫门欢天喜地地回去后，半十郎趿拉上置于廊子尽头石板上的草鞋来到院里。

泥土干干的，脚底传来实实在在的触感。半十郎默念，愿婚事顺利！也有预感，一定会顺利的。想到这里，心中不由一阵兴奋。

庭院一角，早已不见马儿踪影的古旧马厩旁，白梅伫立花香浓郁。

御番头的女人

一

五时（晚上八点）刚过，这个时辰于暑季如何姑且不论，在眼下樱花盛开时节可不早了。近习头目浅沼半十郎刚刚经过的街町上灯光稀少，大多地方已如深夜般漆黑寂静。不消片刻即至五间川河岸。

——在前面过桥？

半十郎盘算走这条路回家会多少近一些。主意已定，行至河边向北走了一段。

正在这时，忽见距自己更近的行者桥上有灯笼亮光闪动。灯光由西向东，向半十郎所在河岸一侧逼近过来。半十郎不敢大意，留意着情况变化。虽然灯光尚远，却已辨明提灯之人乃一名武士。桥上灯笼缓缓移往半十郎行进方向，照此情势下去，二者必定会在桥头相遇。

思忖间，已过半个桥身的灯笼突然飞向不见光亮的夜空。摇曳的灯光下，两条黑影激烈厮杀。白刃寒光闪处，灯笼落地燃起。

半十郎见状飞速踅进右方一条小巷吹灭灯笼。行者桥上的拼杀，是不是跟近期屡屡发生的小出派与杉原派的争斗有关？半十郎虽隶属小出派，却丝毫无意助力小出派势力扩张，并对卷入纷争避之不及。

仅此一点就可以说对小出家老的忠诚度相比从前已大大降低，因为半十郎觉察到近来两派的争斗已不单纯是势力争夺，一言以蔽之，血腥味太浓。

梅花尚未完全凋零时，就已有两人死亡。死者并非藩士，而是家臣的次子与三子。提交的死亡登记写的倒是病死，而江湖传言却道其实死于派阀间的暗斗。

有人说血腥味太浓是因狂热的派阀纷争令底层追随者丧失了理智，从结果上看也不无道理。而半十郎坚信，血腥纷争愈演愈烈的背后绝对另有隐情。

比如这势力争夺中，沉寂已久的杉原派力图东山再起，纵然小出派不能容忍，欲先下手为强除之而后快，但总的说来，明争暗斗大致应该表现为以下形式：姑且金钱运作，相应加以利益诱惑，遣能言善辩之士暗地里东奔西走从中斡旋。即便免不了偶尔诉诸刀剑，也不会接二连三爆出死亡事件，因此不能不说当前事态着实异常。

半十郎一直感觉最近城中暗斗里隐藏着令人费解的“什么”，只要不搞清楚这“什么”是什么，再怎么牵涉进武力角逐中也徒劳无功。

半十郎悄悄从小巷出来摸近河岸。向桥上望去，桥中央有一小堆火在燃烧，想必是灯笼未烧尽的残渣。人影皆无，除河水奔流之声听不到任何响动。半十郎快步上桥。

桥上燃烧的果然是灯笼，微弱的火光照映着一个俯卧在地的男子。男子是名武士，距其身体另一侧约三四米处扔着一柄钢刀。

勉强看清楚这些，半十郎用即将熄灭的残火点亮了自己的灯笼，再次在倒地男子身旁蹲跪，伸手探其脖颈处的脉动。这时身后传来语声：

“放他一马，用的是刀背！”

半十郎纵身跳过倒地男子，解开鞘口手按刀柄拧项回头，见桥头处站立一人，竟是御番头北爪平九郎。

半十郎高举灯笼严阵以待，不敢有半点疏忽，北爪见状极不耐烦地喝道:“用不着那么紧张！”

说归说，北爪平九郎虽是上司，但怪人之名世人皆知，半十郎提醒自己切不可不明不白地凑近前去。北爪平九郎似乎觉察到了半十郎的犹疑，怒斥道：“不管怎样，本番头也是尔等上司！”

“又不是要斩了还是砍了你，杀了你也没什么好处！”

“卑职刚才目睹到厮杀。”

“那又如何？”北爪平九郎道，“以为要杀你灭口？蠢材！刚才验了面目，躺在那儿的肯定是家臣家的小子，没见过。猛从背后偷袭过来，就还了他一刀背！本番头不觉亏心。”

“明白。”半十郎道，“并未怀疑御番头，您先请。”

“别那么说，不到这边来？”平九郎道，“刚才招呼你是想打听点事。”

半十郎对让人毫无觉察地悄声返回，从身后黑暗中打招呼的北爪的防范之心仍没完全解除，不过话已至此，半十郎也不便再犹豫。

“遵命，这就过去。”半十郎答话时依然加着小心，正要从倒地男子脚边绕过离开现场，男子突然呻吟起来。

半十郎正欲驻足查看，平九郎喝声“莫管他”。

“不必理会，他自己能回去。”

二

“回家？”北爪平九郎目光炯炯地上下打量着走近前来的半十郎。

“正是。”

“从哪里回？”

“在樋口家有个亲戚聚会，从那里回。”

“原来如此，”平九郎道。接着又问，“归途可要经过文目桥？”

“正是。那样多少近一些。”

“上桥前同行？”

“御番头何处去？”半十郎不由问道。北爪前行方向是与北爪府相反的商人町。

“本番头嘛，本番头去町屋[1]。”

“这大半夜的？”

见半十郎深究，北爪目光锐利地瞥了半十郎一眼，道声“没错”，随即变换了话题。

---

1. 町屋：城下町街上商住两用的商人或手艺人之家。

“喂，你说的那年轻人……”北爪平九郎转眼间换上一副冰冷狡诈的笑脸面向半十郎。那笑脸不似一位门第显赫的当家人，倒给人以阴险的感觉，不见丝毫光明磊落。

这也是北爪被当作怪人的理由之一吧，有人为平九郎辩护称，平九郎实际上乃北爪家的次子，是当家的长兄病死后才继承家业的。平九郎立志成为剑士而师从矢野仁八郎刻苦习剑，接替兄长坐上当家人之位完全在预想之外。虽然做了高禄之家的当家人，北爪平九郎骨子里至今还是一名剑士云云。

平九郎仍然满脸堆笑——这笑脸令人不敢有丝毫马虎大意。

“叫石桥、叫什么石桥银次郎的那小子，为何还不来找本番头？”

“是啊。”

“什么是啊，半十郎！”北爪平九郎道，“本番头早就听说了，那小子，那石桥嚷嚷着要找矢野家传的秘太刀，一个接一个地向从先师仁八郎那里获得秘传的弟子发起挑战，也晓得安排比武的就是你啊！”

“……”

“别多心，没怪你。矢野仁八郎的弟子还剩本番头一人，只是问问毫无比武迹象是何道理？”

“说起这事，石桥还什么都没提。”半十郎道。有日子没见石桥银次郎了，当然那也不是什么特别想见的人。“奉小出大人之令安排比武的确属实，说到底每次都在石桥提出要求后才安排，绝非卑职先行行事。石桥为何不挑战御番头，卑职也一无所知。”

“莫非以为北爪技艺有限，难获‘马骨’秘传便断了念想？”

“怎会！”半十郎道，略加思索后又道，“不过想象得出，因为矢野道场有禁与他派比武之规，石桥为将御番头同门师兄弟拉下水，有时会耍些令卑职不齿的花招，可谓费尽心机。正面冲突难免重蹈覆辙，恐怕那厮此时此刻正在挖掘御番头秘事之类的东西吧。”

“愚蠢至极。”平九郎又阴笑着转向半十郎。

半十郎迎视着那笑脸道：“卑职以为您切不可疏忽大意，石桥鼻子尖着呢。”

“跟石桥说，本番头身上没什么见不得人的秘事，能找到什么就尽管放马过来！不知‘马骨’为何物，恩师秘传的‘小车’之技倒可让他见识见识。”

“‘小车’乃不传流秘技？”

“非也！”平九郎似是后悔失言赶紧闭嘴，旋即继续道，“有别于不传流秘技。所谓‘小车’者，乃本门开山鼻祖伊藤不传从其师浅山一传斋处获亲口传授，恩师仁八郎仅传本番头一人。”平九郎不无得意地说道，语气转瞬间又严厉起来，“传话给石桥，本番头随时奉陪！只不过，要动手就得做好赌上性命的打算！本番头可不是别人，剑下无情！”

北爪平九郎讲这话时，文目桥已距两人不远。

“方才因何动手？”半十郎问。虽担心提及此事会惹恼对方，却也感觉一旦错过眼前就没机会再问。

好在平九郎并没恼怒，只是目光锐利地瞪着半十郎道：“本番头亦不知因何动手。”

“不过可以猜测，指使夜袭的非小出带刀莫属。”

“有何证据？”

“只因本番头弹劾过家老。”

行至文目桥，北爪平九郎停下脚步，像是打算道别前解答半十郎的质疑。

“小出家老查访‘马骨’，你费心操持比武没觉出有何怪异？”

“隐隐约约。”半十郎道。

平九郎接口道：“是吧，理应有所察觉，依本番头所见，这一连串的比武皆为小出引蛇出洞之计。”

“引蛇出洞？引什么蛇出什么洞？”

“所谓试探家臣内众高手之实力。”平九郎道。

此话一出，半十郎随即反驳道：“家臣里武艺超群者数不胜数，若目的在此，岂不相当费时费事？”

“像浅沼半十郎你这样的小出派剑士除外。”平九郎道，同时制止住欲插嘴分辩的半十郎继续道：“小出放心不下的自然是杉原派剑士，还有乡目付森口喜左卫门及普请组清水俊助这般不偏不党却坐拥名家之誉的一众高人。其中，矢野道场理应是块心病。”

“有何理由？”

“现在的矢野当家人虽非杉原派，但杉原家老有段时间在剑术上曾接受过上辈仁八郎恩师的指点。另有一点便是矢野道场的秘密主义吧，吾等遵从道场规约，一般性比武自不待言，除御前比武外，连藩内红白比武[1]也不曾参与一次。”

“而且相当人数的高手又啸聚于此，若无法判明此为杉原派还是观望派，小出必然如坐针毡。”平九郎道。接着又引出一段令半十郎大为震惊的推理。

1. 红白比武：分成红白两队进行比武。

“查访秘太刀‘马骨’传人，实乃小出借口，借此更便于调遣你或石桥。但显而易见，重点在于试探矢野道场旧门众武技。”

“可是御番头……”

北爪平九郎抬手示意半十郎听仔细。“至于所谓秘太刀‘马骨’是否存在，也无从考究。”

“怎会！御番头。”

“当然并未怀疑上上辈惣藏将‘马骨’传于仁八郎恩师这一事实，只是‘马骨’是否真的传给了门徒中的谁才是疑问。”

“……”

“旧门徒之间也曾直截了当地相互问起秘太刀传人到底是谁，算是半开玩笑性质的话，要说当时的感觉，就是秘太刀‘马骨’传人怎会在吾辈当中?！对不住石桥啦，本番头自然也未获传秘太刀。”

“兼子庄六如何？”半十郎回想起为拜访长坂权平而追踪其至矢野家的那个夜晚，在篝火映照下与权平激烈木刀互搏的庄六。

北爪平九郎警觉地看了半十郎一眼：“嗯，好眼力！可惜推断有误。庄六获授亲传并助藤藏少爷检视道场操练不假，但此人并未像吾等得传秘技，这在吾辈众同门间无人不知。”

“原来如此。”半十郎道。北爪说得也像那么回事。他确也自觉将兼子庄六估计得过高。“那话说回来，”半十郎话锋一转，“您认为查访秘太刀其实是要逼反对派、中立派中的高手现身，但御番头可曾考虑过其目的何在？”

“明白着呢，小出正在谋划着什么。”北爪平九郎仍直呼家老之名，“遣石桥试探众高手实力，可看作相关筹备。”

“您说会在谋划什么？”半十郎环顾深夜里黑沉沉的四周，压低嗓门问。平九郎语声却丝毫未改，仍如闲聊般应答自如。

“没听到风声？有暗杀侧用人石渡大人的企图！”

“有所耳闻。实施暗杀的是小出派云云。”半十郎道，眼前浮现出透露消息给自己的同僚野原甚之助紧张的神情，“如若属实，不能袖手旁观吧？”

“你身为小出派也怀此意？”

“当然！”半十郎断然道，“石渡大人于本藩乃无可替代之人，绝不容许派阀因一己之利加害其身！”

“所言极是！”平九郎道，“不过最近有人怀疑这风声乃小出故意放出。”

“哦？”

“石渡大人近来助力杉原派再建虽非人尽皆知却是不争事实，而且石渡大人也未必有意隐瞒。一有机会就直言不讳道，一个派阀，也就是暗指小出派阀，一个派阀一家独大对藩政绝非益事。”

“竟有此事？”

“因此石渡大人不啻为小出派的眼中钉肉中刺，传出暗杀风声也不足为奇，而依本番头所见，家老另有所图。”

“啊？”

“可曾听闻主公与小出带刀交恶之事？”

“很久之前听说过，近期……”

“近年风声消失殆尽，事实上主公与小出关系恶化已到了不可修复的地步。主公身体欠佳一事已闹得满城风雨，此乃小出家老及其追随者散布的无稽之谈，毫无根据！主公剑客出身，时常喜好闭关深宫修剑读书，有人便将此曲解为大病在身，其实主公结实得很。”

“真让人震惊！事实若如此，岂有此理！”

“如何，对小出派可有心生厌恶？趁早退出为妙！”北爪一脸严肃继续道，“尽管主公早已立康五郎少主为世子，近来小出仍不知收敛地反复高调宣称，主公体弱多病，应尽快考虑确定继承人。这么做无非心存改立仰自己鼻息的三子光之丞少主为世子的念想，眼下小出已在光之丞大人身边遍布己派耳目。”

“……”

半十郎默不作声地注视着北爪平九郎，后者几乎可谓凶相毕露的脸上又现出一丝阴笑。

“小出今夜派人偷袭本番头，只因本番头在某次聚会上抛出了方才对你说的这番话，警告众人小出家老将成藩中大恶并加以弹劾。”

“若事情属实，的确如您所料。”

“当然属实！等着瞧，待主公归乡时小出绝对会搞出什么名堂，否则小出将陷于反被主公击溃的危险境地。‘马骨’暂且不谈，马不停蹄地试探藩内高手实力便为力证。”

北爪平九郎冲半十郎微微颔首。

“此前你只关注吾门矢野道场这冰山一角，实际上远不止此。刚才提及的森口与清水等各处亦另有他人前去，或是比武或是拉拢入派，如出一辙。”

三

半十郎今天歇班，正在里侧自己房内重读今晨送到的信函，是同僚曾根几之进写来的。

曾根乃派驻江户的近习头目，因需外派两载，今年无法返乡。曾根在信中委托半十郎关照今年将进入藩内武艺习练所励武馆的儿子。曾根之子富之助十岁，正在办理励武馆入门手续，入门仪式上本该陪同出席的亲戚长期卧病在床，故请半十郎陪同云云。

两人虽然关系密切，曾根信里措辞依然极为郑重：百忙之际深表歉意，姑且遣家人前去拜访，望接洽为盼。

——十岁啦！

半十郎感慨万千。远眺敞开的窗外，阳春三月的万里晴空，没风，万籁无声。午后金黄的阳光下，能嗅到空气中混杂着的淡淡花香，不见花影，想必围墙外邻家樱花已渐绽放。

鼓噪胸间的艳羡之心愈加强烈。自己膝下仅有一女，能延续香火的儿子何时降生尚不得知，而曾根之子业已十岁甚至要去励武馆求艺了。

曾根几之进比半十郎年轻两岁，却早早娶妻生子。今年起进励武馆的长子之下，应还有一儿一女，这与两年前痛失爱子身心备受煎熬的半十郎有天壤之别。

这一闪念刚浮上心头，半十郎慌忙克制住不再多想。曾根家若来人相托，自己一定痛痛快快地前去陪同。

身为一家之主，本不该婆婆妈妈总唠叨些追悔莫及之事。

徒因这一变故，自己甚至不敢紧紧拥抱因丧子之痛而内心失衡的妻子，也因看似重儿轻女令直江更加可怜无助。

半十郎读到曾根书信末尾的附言。再启，曾根写道：预计今年主公归乡较往年略迟半月余，归乡前御侧用人石渡新三郎大人将先行抵乡。总之虽有异样，但主公一切安好。何故如此行事，确切原因不得而知。曾根的信至此戛然而止。

——这……

这与北爪大人所言之事可有关联？半十郎思索着，再次抬头远望窗外天际。就在此时，院子里传来可怖的犬吠与显然来自直江的惊叫声，紧接着是家仆伊助的吼声与犬吠交杂在一起的混乱。

半十郎扔下信起身抄刀在手，跨出房门经隔壁茶间奔至廊前，赤足从洞开的廊门跳入院中。一个怪异的场面映入眼帘。

伊助与犬已不见踪影，院门敞开着一扇，看来伊助驱赶恶犬去了。杉江立于右侧菜园旁，直江蜷缩在杉江脚边低声啜泣。之所以说场面怪异，是因直江显然遭到了闯入院内的恶犬的袭击，而直立一旁的母亲却丝毫没有任何出手护女的动作，只是呆呆地望向门口。两人像在练习短刀招式，两柄木刀丢在脚下。

半十郎大步向前扶起直江。直江脸面手脚皆无异样，衣服裙摆、膝下等处被撕烂。半十郎屈膝掀起直江衣服下摆，直江羞赧地伸手要推父亲的手，被半十郎不由分说地拨开。

“老实！”

膝下有红红的咬痕。万幸的是隔着衣物，犬齿并未咬破皮肤，只留下了轻微的瘀血。

半十郎将直江衣服下摆卷至膝下，就像玩水时那样卷着，绕直江转了几圈，仔细查找伤痕。直江认定自己免不了挨训，大气不敢出一声。别处没发现齿印，一双小腿白白细细。

半十郎用手指按压着瘀血部位问:“疼？就这儿？”

“嗯。”

直江像是又忍不住要哭出来。半十郎清楚，比起撕咬的疼痛，遭恶犬袭击带来的恐惧更为严重。半十郎为其抚平裙摆道:“武士之后，就算女孩儿家也不该怕只小狗。”

“嗯。”

“怎么不用木刀打它？”

直江低下头小声应道:“下次就打它。”

“好！咬伤无大碍，很快就不疼啦，不怕，让阿笔用水冷敷一下就好。”

半十郎回身对来到门口正向这边张望的阿笔大声道“给她冷

敷”，又让直江捡起自己的木刀。半十郎将女儿推向阿笔身边。

确定两人进屋后，半十郎转向杉江，将拾起的木刀递过去。

“怎么回事？”半十郎放缓语气问。杉江收回视线投向半十郎，但那空洞的目光、茫然的神情令人疑心她到底是不是在看着自己的丈夫。“没挡住恶狗？”

说话间半十郎感觉一股难以遏制的气愤冲上心头。

不知何时窜进院子的恶犬咆哮着袭向直江，击退恶犬的并非杉江，而是被呼叫声惊动匆匆赶来的伊助。杉江只不过扔掉木刀双手掩面呆立在旁罢了。这一幕清晰鲜明地浮现面前。

“能不能打起精神？！”半十郎吼道，“对付不了区区一条狗，何等无用！你的刀是摆设不成？！”

半十郎长久以来始终努力压抑着自己，默默忍耐。而今勉强维系这忍耐的东西像是突然断裂，半十郎的心在愤怒中呼号：这日子何时才是尽头？！

杉江盯着半十郎，满脸不解。待半十郎止住叱声，杉江突然面现悲痛，完全是一副被悲伤击垮的样子，表情骤变。

“请您原谅！”杉江低声道，“下不为例……”

杉江轻施一礼转过身去，脚步沉重地走向门口。半十郎望着杉江的背影，心头突然掠过一阵深深的悔意。

——糊涂!

半十郎暗骂自己,怎能大声叱责病人呢?!此前一直忍气吞声为抚慰病人所做的努力,这一来将前功尽弃。心灵遭受创伤的杉江,会如何看待自己方才的怒叱呢?

刚要拦住她,忽听伊助叫自己。伊助拎着粗重的木棒疾步跨进院门走向这边,进来的不止一人,身后跟着一个也是家仆模样的汉子。

来到半十郎身边,伊助抬手抹去脸上汗珠:"直江小姐伤势怎样?"

"没事,没受伤,多亏你赶跑它。"

"那太好啦!"伊助松了口气表情缓和下来,"那条狗这十多天前就在附近转来转去,挺凶,本来加了小心,不成想窜进了院子。今后一定多加注意!"

伊助连连鞠躬,接着回身介绍站在不远处的来人。

"这位是小出大人派来的。"

四

浅沼半十郎回想起自己厉声呵斥杉江时她显现出的难以言

说的悲苦表情，后悔自己太不近人情，不近人情之外的什么也同时涌上心头。

忍耐到极限，满腔愤懑喷发而出时，半十郎也意识到，在这愤怒的深层下隐藏着无尽的悲哀。如何是好？今后就一直这样下去？

现在冷静下来细细思考，怒火喷涌的对象并非眼前的杉江，而是自己与杉江夫妻俩悲苦的命运。

——自己这番苦心……

不明白这是为什么，半十郎不解，难道不该指望病中的杉江领会自己这番苦心？杉江脸上流露出的悲伤神情，与其说悲哀于遭受丈夫叱责，难道不也更悲哀于夫妻命运？

如果真是这样，那一瞬间就该是夫妻和解——更莫如说或许是稍稍将杉江拽回正常生活的绝佳机会。不巧的是家老派人来唤，半十郎只得强忍心中不悦。眼前小出宅邸便门打开，迎面走出一人。赤松织卫。

石桥银次郎说赤松因私事来小出处，会即刻返回江户，可至今仍滞留在此。半十郎当然不会全盘听信石桥所言，并断定赤松绝不只是个跑腿的那么简单。

让半十郎做出这一判断的是赤松的气质风度。高鼻梁小眼睛，那双眼睛冷酷深邃，让人怀疑他是否了解世间有“笑”。身材虽瘦却令人一眼便知其筋骨强健，毫无赘肉。赤松织卫是名剑士！而且身怀绝技！半十郎对此十拿九稳。赤松来此难道不是为了动剑？

不知是何用意，赤松在门前高出一截的石组[1]上站定，死盯着走近前来的半十郎。鸟喙般的高鼻子，紧绷着的大嘴，紧紧梳拢的总发几乎要牵引起眼梢。

——无礼之徒！

半十郎步步逼近，目光如炬、炯炯有神地迎视着赤松不加遮掩的盯视，忍住遍传肌肤不寒而栗的不快之感。这时，赤松突然移开视线走下通路，向半十郎来路相反方向快步远去。半十郎放下悬着的心，走进家老宅门。

半十郎被引领进小出家老的起居室，有女眷在场。两个女子中，一个是已成家老之妾的盐山家女儿，名为多喜。另有一个多喜的侍女模样的小姑娘，臂弯里抱着个像是出生不久的婴儿。

“好啦好啦，你们都下去吧，老夫要跟浅沼聊聊。”说着，小出不胜爱怜地用手指轻点婴儿圆鼓鼓的小脸，一副依依不舍

1. 石组：庭院内外自然石的布置。

的样子。

女眷们出去后，小出问："看见刚才的婴孩了？是个男孩，妾女生的儿子。如此说来，老夫尚有生儿育女之元气。"

怎么说呢，半十郎暗想，是银次郎的种亦未可知，心中不由动了恶念；当然不会讲出口，嘴上连声贺喜。

这心中的恶念里还包含着对家老的不满——家老竟在传召自己面谈的房间里与妇孺嬉戏！小出家老本来就是个严重公私不分的人，今天这场面并不稀奇。莫非又是私心作祟？对半十郎这种不拘小节、光明磊落的性格来说，本是一时之事，而今天却桩桩件件愤然于心。

"近前说话。"待年轻家士上茶后退下，家老道，"唤你来不为别事，最近可见过银次郎？"

"没见过。"半十郎道。上次见石桥银次郎时，城下积雪尚未消融，之后就再没碰面。

"积雪尚未消融，就是饭塚孙之丞那件事的时候啦？"

"正是。"

"还剩北爪番头。"小出道，"银次郎可在探查此人？"

"啊，看来是吧。"半十郎心怀疑虑。不无可能，但因没联系自己，自不便多嘴。

“依你之见，”家老突然从凭肘几上探身向前问道，“北爪可是秘太刀‘马骨’传人？”

“未经调查，不敢妄言。”

“太慬慎啦，半十郎。”家老道，“说‘马骨’乃矢野家传秘太刀的可是你哟。至今还没找出秘太刀杀手，那当然可认为剩下的北爪便是传人喽？”

“可也有人怀疑秘太刀并未传与众高徒，八成已于上辈仁八郎一代失传。”

“什么人有此一说？”家老语声尖厉。

“没什么，”半十郎含糊其词地搪塞道，当然不能透露北爪平九郎这样说过，“坊间戏言，并无确凿证据。”

“嗯。”小出家老直起身子，目光犀利地盯着半十郎，“总之要全力协助银次郎查访，确保万无一失。”

“谨记在心。”

“如若，”家老不依不饶道，“如若判定‘马骨’不存在，而其后‘马骨’又现身并导致什么后果，那时，可是你浅沼的责任！”

半十郎轻轻欠身低头，心想事先并非如此约定。着手查访“马骨”时，家老明明白白地说由石桥执行，半十郎只做陪同即可。

半十郎认为自己充分履行了陪同的职责。若没有自己介入，银次郎即便不至于丢掉性命，也难免落下残疾。半十郎不由想起多次发生的此类场面。

功劳半句不提，误判秘太刀传人之时责任却在自己，这样说话岂不成了出尔反尔？！心中正愤愤不平，又听家老道：

“两三天内，将召集我派骨干人员聚会议事，浅沼你不必参加，务必专心查访‘马骨’。”

“凭老夫直觉，‘马骨’一定传给了什么人，切不可大意……”家老又唠叨回来，半十郎根本没听进去。

半十郎感觉身体一下子燥热起来，身体燥热的原因是屈辱感。不必参加聚会，专心查访秘太刀意味着自己不过是在跑腿打杂罢了。

半十郎没将此念说出，定住心神道：“卑职有事相求。”

“何事？”

“以前向您呈禀过，卑职家有病妻，加入派系亦难有作为。”

家老眼珠定定地盯着半十郎，后者毫不退让地迎视着家老的双眼道：“妥善了结秘太刀查访任务后，请允许卑职退出派系。”

“就不再来寒舍了？”

“是，请求家老大人恩准。”

言罢，半十郎感觉像是终于将老早就憋在心里的话讲出了口。小出家老低下头，一只手轻轻拍打膝头片刻，扬起脸时却满面堆笑。

“倒戈过去？”

“啊？”

“听说有意投靠杉原派？”

“绝无此事。”半十郎愤然道，“浅沼半十郎绝不会有这等无耻之举！理由已呈禀过您，请相信卑职。”

“那就好……”小出家老脸上现出狰狞阴森的假笑。与北爪平九郎的笑脸相似，感觉更加邪恶，家老继续笑道：“转念投奔杉原派之时可要当心性命，半十郎，我派之事你知道得太多。”

半十郎随后告辞出来。日头偏西，昏黄的暮色渐渐爬上宅邸町，天上还一片光亮，空气暖暖的，其间微微混杂着春日花草的芬芳。终于将心里话说出口的半十郎如释重负一身轻松。

家老最后的威胁与名叫赤松织卫的剑客的面孔重合在一起，让半十郎心头隐隐罩上一层不祥之感自然不可否认，但半十郎顽强地与之对抗并击退了这一恐惧。

——无德之辈！

半十郎心中唾骂着又想起小出家老的阴笑。手握一党大权者光靠德行之高自是远远不够，或许还需要策略与恫吓，但半十郎认为其自身绝不可亲口说出这种话来。半十郎抖擞精神，若敢黑夜偷袭，尽管放马过来，随时奉陪！

话说回来，这秘太刀“马骨”究竟是有是无，无须家老多言，若呈报“马骨”为子虚乌有而后其再现江湖的话，且不管责任如何，绝对是自己的重大失误。

此刻心中突然闪念，何不找机会去拜访一下原大目付笠松六左卫门？

五

“来此可是奉小出家老之命？”笠松问。记忆中笠松极瘦，脸也瘦得尖尖的，可能是两年前退出大目付之职开始隐居的缘故，面相和善了许多，体型也像是富态起来。

“非也。”半十郎道。接着将事情的来龙去脉和盘托出，甚至把完成此任务后退出小出派的打算都如实相告。“可查访至此，所谓‘马骨’存在与否尚不得而知，宛如追寻虚幻之物。”

“确有‘马骨’杀手。”沉默片刻后，笠松简短地说道。然而这话却如同在半十郎耳边响起一记炸雷。

“七年前望月大人那剑伤？”

“正是‘马骨’。老夫与矢野仁八郎切磋过剑术，‘马骨’之技虽未亲见，何等厉害却略有耳闻。”

“那笠松大人以为谁是秘太刀杀手？”

“不知。”笠松道，复又千叮咛万嘱咐此时此处所讲一切皆不可走漏半点风声，“尤不可透露于小出。击金[1]立誓！”

半十郎击金立誓后出了笠松家。辞别小出家老已过了大约十天。本思量着下一个歇班日或什么时候来，而今天离城时刻忽然打定主意一定要即刻拜会原大目付，因为查访秘太刀已近尾声，究竟这剑法现在是否还有传人深深撩动着半十郎的心。

——果然……

“马骨”存在！半十郎恍然大悟。矢野仁八郎病死于十几年前，而之后，严格说来是距今七年前，“马骨”刺客现身江湖——笠松六左卫门如此证实。

这十几天里，城下樱花竞相绽放，二环护城河旁的樱树才只开了三分，而武家町与五间川河畔的樱树中有的已开到了七

1. 击金：武士立誓不违背约定时，互击刀刃或刀护手等金属处为证。

分，夜路上到处飘溢着淡淡的花香。

——是御番头？

半十郎提着从笠松家借来的灯笼照亮脚下，回想起桥头灯笼光下的对话——北爪平九郎断然否认自己获传秘太刀的同时，极力强调“马骨”只是借口，查寻秘太刀另有图谋。

当时感觉不无道理，而此前见了小出家老、今天又拜会过笠松六左卫门后，开始怀疑北爪所言纯粹是捕风捉影的虚妄之谈。小出家老至今对“马骨”心有余悸，而笠松又证实了秘太刀的存在。

秘太刀传人果真是剩下的这位北爪平九郎？御番头为隐匿事实才编排出了引蛇出洞说？还是“马骨”刺客另有其人？半十郎反复琢磨着。

到家进院，绕至屋门口时发现家仆房间的地板框[1]处坐有一人，此人看到半十郎后站起身来。

“喂，别来无恙！”说话的是石桥银次郎。银次郎等跑下土间的伊助见过礼，又等半十郎招呼过厨房的阿笔后道：“深夜不请自来实在抱歉，眼下有事特来请足下作陪。”

---

1. 地板框：日本传统房屋入口处高出“土间”一截的横框。

银次郎此前虽在比武中身上多处挂彩，但因年轻力壮，如长势正旺的树木多少有点伤疵也很快愈合，故此依旧英武飒爽。

“去外面？”

“不错。有关北爪。”

半十郎略一思量道：“在下要换换衣服，肚子也饿了。能否稍等片刻？”

“当然。不着急。”银次郎道，又瞥一眼伊助，“让他为本少爷沏茶，吃茶等到足下准备妥便是。”

可能杉江估摸丈夫该回来了，半十郎屋里已亮起灯。迅速换衣后，半十郎忽地想到什么，拉开杉江房间的拉门。见睡在同一屋里的直江已钻进被窝，杉江在其身旁做针线活。

“还是那石桥有事，要再出去一趟。可能很晚回来，你早早安歇就好。”

反正跟妻子各睡各的——刚才开拉门时佯装不知的杉江闻听此言忽地回身轻施一礼，道声“您辛苦了”。

让阿笔赶紧盛一碗饭垫肚后，半十郎催银次郎到了外面。杉江身上确实多少有了些变化，可这些变化是好转的征兆还是恶化的开端依然毫无头绪。

对妻子的关注只在刹那间掠过心头，出门到院外，半十郎立刻绷紧了神经。

“去哪里？”

“雁金町后街。”

“不是说有关御番头？”

“不错。哎呀！为抓此人把柄费了好大周折。好在总算抓到了，捅到其面前，北爪平九郎也只能乖乖比武啦！”石桥银次郎道。

“此人亦有把柄？”

“有！天大的秘密！”至于秘密究竟是什么银次郎却缄口不言，只说去了便知，其后就默不作声了。

两人过文目桥沿河北上，少顷又过了横跨五间川下游的千鸟桥，五间川于此处转了个大弯向东奔流而去。

“那儿！”将半十郎引入雁金町后街，银次郎踅进一家商铺的檐下，指着刚穿过的街道上的一家住户道。

接着他示意半十郎稍等。两人吹灭灯笼，一动不动地伫立在黑暗中。不消银次郎解释也明白这是在等什么人，半十郎紧盯着树篱内点着小灯的住户。

五时半（晚上九点），本以为还要再等一会儿时，一个高个武士提着灯笼快步走进后街并在房前停下脚步，是一手提灯笼一手拎酒壶的北爪平九郎。半十郎茅塞顿开，行者桥御番头遭刺客偷袭那夜，想必也是来这家。

平九郎警觉地扫视街道前后，熄灭灯笼走进树篱，笃笃敲门，门应声敞开。屋内灯光中现出人影，是个女人。平九郎与女人一起消失在门内。

银次郎松了口气。

“刚才那女子是什么人？御番头的妾？”

“多半是。美人看似徐娘半老，其实姿色出众品位优雅。”然而接下来的话却令半十郎大惊失色，“此女乃是北爪亡兄之妻，这可是大丑闻啊！”

很难说一旁观战的半十郎是不是看明白了北爪平九郎施展了什么剑法，总之眼见平九郎面对急攻过来的银次郎贴身上前，高大的身躯轻盈地滑至木刀下的刹那间，木刀已飞上半空。

“停！”半十郎叫道。

银次郎就地十八滚，力图避开平九郎的第二刀，确认平九郎的木刀骤停于距银次郎肩头咫尺之处后，半十郎跑向两人。

木刀落地咔咔直响。翻倒在地的银次郎借滚身之势在地板上滑出老远，踏步向前的平九郎已砍下第二刀。一切都发生在瞬息之间。

银次郎爬起来，拾起木刀向平九郎规规矩矩深施一礼道："谢赐教。"一直用鹰一般的眼神密切注视着银次郎一举一动的平九郎见状一下子放松下来。

银次郎来到半十郎身边道："在下先回。"银次郎似乎无法忍受这稀里糊涂的惨败带来的屈辱，半十郎将其送至励武馆门口。

"怎样？"半十郎低声问。当然是问"马骨"。

银次郎摇摇头。

"御番头可杀进你怀里了啊！"

"并非'马骨'，木刀被硬生生卷走。"

道理讲得通。"马骨"为劈砍式刀法，笠松六左卫门也这么说。银次郎道："北爪卷走刀，第二刀要制在下于死地。"这一点与半十郎所见略同。

——那……

"马骨"杀手到底是哪位高人？半十郎心上像压了块大石头，这时传来平九郎的声音。

"雁金町之事不可外传，请遵守约定！"

银次郎走后，半十郎等平九郎木刀归位衣服换好一同出来，关上厚重的大门。

“石桥自己像是也明白，您饶他一命。”半十郎指的是平九郎止于寸发前的木刀。平九郎却说，打上也不至伤及性命。

“不过，说不定肩骨会碎。”

“再也不能抡刀了。”平九郎停下脚步。一旁的讲学馆庭院内，樱花花瓣散落于洒满落日余晖的小道。学馆里传来少年们朗朗的读书声，读的是《论语》。

想起了从前，平九郎微微一笑。又道：“就跟你说说。”

“她嫁过来时，我跟现在正读书的孩子们一个年龄。人真漂亮！”

“哦。”

“但因兄长病故又无儿无女被休回了娘家，娘家住着也不方便，就在雁金町租了房子，教町上的人书法和茶道。”平九郎娓娓道来。

“实不相瞒，嫂嫂已身患绝症。”平九郎道，“娘家的亲人亦得知此事，便任由其逍遥自在。当然她本人也心知肚明，还剩下两年或三年寿命。听大夫说已无解救之道。”

平九郎仰望天空沉默良久后，像是用假装出来的轻松爽快的语气说道：“嫂嫂好喝口酒。一个月来雁金町两回，与嫂嫂谈天说地交杯换盏，嫂嫂开心得不得了。别的，本番头真也无能为力。”

“走吧！”平九郎道。半十郎也迈步跟在平九郎身后。恐怕这并非银次郎口中的丑闻，但半十郎心中清楚，御番头一定对其美丽依旧的嫂嫂心怀崇敬无比眷恋。

飞奔的马骨

一

感觉有人在拉门外蹲下身，随即听伊助唤“老爷”。近习头目浅沼半十郎注意到，那声不高却慌乱异常。

“开门无妨。”半十郎转膝回应。伊助闻言开门躬身一礼。

“石桥大人刚到，说有急事。”

“这个点儿？”半十郎道。既然说石桥，那必是石桥银次郎了。毫无征兆的深夜造访，令半十郎不禁皱起了眉头——这家伙还是老样子，我行我素。

五时（晚上八点）的钟声已敲过好久。半十郎本还想再读一会儿书，睡觉早的人家想必大半已进入梦乡。再说查访秘太刀一事不是已经告一段落？

“石桥说有什么事？”

“这……”伊助支支吾吾，“没说。不过他浑身是血。”

“什么？！”半十郎合上书站起身。蒙眬的睡意一下子消失得无影无踪。半十郎快步跟在沿着漆黑的内廊小跑的伊助后面，来到前门。

见有人来，坐在宽宽的地板框上两腿伸向土间的石桥银次郎起身招呼了一声：“深夜叨扰，该打该打。”

银次郎一身行装，如伊助所言，身上沾满血迹。额头上脸颊处有擦拭血迹的余痕，血还在流，顺右手腕滴落至土间地面，看来肩膀或手臂遭到重创。银次郎脸色苍白，手中抓着滴血的袖口，另外前襟撕裂、裤裙旁割开了一条大口子。显而易见，与什么人有过一场激战。

“老奴说了请他进屋来。”跪坐于厨房门口战战兢兢地递来烛台的婢女阿笔道。半十郎吩咐阿笔在她屋门口的六叠[1]点盏灯。

“可有清洗伤口的烧酒？”

“有。”

“好，备齐烧酒、药膏、纱布、油纸！”

“遵命！”

半十郎安排阿笔做救治准备的当儿，伊助端来洗脚水让银次郎倚在地板框上，为他解开草鞋。

从前门笔直向里进走廊，是半十郎夫妇的起居室与客厅。

1. 六叠：六张榻榻米大小的空间。下文三叠同理类推。

另一栋房子，则有阿笔起居的女佣房间、其对面的子女居室、走廊尽头的隐居间，还有一个储物间。

子女居室附带三叠，平时女儿直江使用这个房间，来客人多时，也用作客房。现在直江与母亲杉江睡一屋，三叠空了出来。

“这个难办了。”

半十郎让银次郎褪下一只袖子，开始检视臂伤，越看脸色越阴沉。头部伤情尚无大碍，靠近肩膀，上臂的砍伤却相当严重。

“最好请外科大夫来缝合。腿伤如何？”半十郎注意到石桥银次郎进屋时轻轻拖着腿。

“腿没什么大不了。”银次郎起身上卷衣摆，左膝下被划开一道长长的口子，好在伤口不深，伤口周边沾满血污，血迹已开始变干。

“好吧，那姑且先止住血。”半十郎将阿笔准备好放在盆上的包扎用品拉到手边道，“止住血就请外科大夫来。”

“不必，多谢足下张罗，无须担心。”

“胡说！”半十郎动手清洗着银次郎头部、上臂、膝下的伤口，语气严厉地训斥道，“小觑了这刀伤，以后追悔莫及！”

“自是不该小觑。”银次郎道，“但足下现在若去町上，恐怕家奴们会刺探出本少爷在此。”

“家奴们？”半十郎盯着银次郎问，目光锐利手不停歇，“家奴们是什么人？”

“……”

“你跟谁动了手？”

“赤松织卫！”

半十郎闻言马上到走廊上喊来伊助命令道：“不管谁来打听银次郎，都说这人没来过。”

“去跟阿笔也这样说，若来人要见我，就说早已睡下不让进门！”

看着返回前门的伊助按吩咐进厨房向阿笔传递口信后，半十郎才又折回屋内。接着问银次郎：“你们一家人自相残杀是何道理？”

“一家人？”银次郎白了半十郎一眼道，“什么一家人！赤松这厮来路不明！”

“哦？”半十郎将涂匀药膏的纱布置于伤口上，又小心地贴上油纸，让银次郎从上面压住，“可赤松是寄食在家老大人家里的呀，说来听听，此人为何刀剑相向？”

“受舅父大人指使。”

“……”

“实不相瞒，那桩事已了结，少爷我准备返回江户，要顺道带走多喜时，被舅父这老东西探听到风声，派人追杀了上来。”

“那是当然！”半十郎惊道，“带走舅父宠妾?！这是你的不对！竟敢做出这等蠢事，问题出在你！”

“可她苦苦哀求带她逃走啊！自然不能弃而不顾，独自回去。”

银次郎说着恶狠狠地盯着半十郎正用纱布包扎的伤口，大为光火地长叹道：“打算得很周密理应顺利脱身。”

那语气中流露出的真情出人意料，令半十郎心中一动。半十郎甚至开始感觉自己也许看走了眼，因为此前一直以为银次郎与盐山家女儿多喜不过是玩玩而已。同时又想起自己对多喜所生孩儿莫不是乃银次郎之子的怀疑。

“刚才你说派人追杀？”半十郎忽地回过神，“就算有窃妾之恨，你也是他亲外甥啊，家老大人怎会动杀机?！”

“家奴们对多喜倒是不敢动一指头，冲少爷我却刀剑并举欲置我于死地而后快。”

银次郎与多喜本来计划趁夜色掩护逃至边界村落，翌晨过关。好容易摸到距关卡所在村落还有二里路的地方时，被奉带刀之令赶来的追兵截住。

“对方有五人。”银次郎道。

“抓走多喜之后动的手？”

“不错。少爷我不忍心害她受伤，便乖乖将多喜交与众家奴。而后，赤松与剩下两人杀了过来。绝对没错，是打算将少爷我置于死地。”

“难以理解。”

“有何不解……”银次郎进门后第一次又露出那副老子天下第一的笑脸，“事出有因呗！”

“哦？”

“少爷我手里攥着舅父不可告人的秘密。因为不辞而别，舅父可能意识到就这么让少爷我逃回江户会酿成祸患。老不死的，为保自己安稳，根本不管亲外甥死活！”

“什么秘密？”包扎已毕，半十郎卷着剩下的纱布，目不转睛地盯着银次郎问，“说来听听。”

“这……”

“与在下无关？”

“不，不能这么说，有极大关联！不对，应该说确有极大关联。”

“事关‘马骨’？”半十郎道，果然另有内情！“那在下也有资格一闻详情，快讲！”

“说出来可以，不过有个条件。”

“说说看！”

“若保证本少爷还有在江户的二老的安全，便如实相告。如果走漏了风声，不光少爷我一人，说不定舅父会灭我满门。”银次郎道。

事到如今固然更无意对带刀舅父客气，却也处心积虑避免连累父母兄弟。顺势逃进半十郎家，也是算计到了明日将无处藏身的自己的安全，这确是银次郎的做派。

半十郎连忙思索对策。从语气上推断，银次郎所掌握秘密的真相，极有可能左右小出家老的政治生命。回顾一下前后经过，可知查访“马骨”绝非家老的儿戏之举。送银次郎回江户前，身处本该了解事件真相立场的人，都该掌握家老的所谓秘密。既非满足一己私欲亦非图谋派阀之利，而是为顾全本藩大局！

——果真事关杉原大人？

杉原是个人物！半十郎心中闪念。但今夜此时却实在无意与银次郎一同去叩开杉原家老的大门。尽管并不后悔与小出家老分道扬镳，却也不能马上就将小出家老的秘密出卖给对立派家老。银次郎的心思亦同样，也会因对方是杉原而不得安生。

虽说如此，却也不便去大目付宅邸。那样一来，家老的秘密将一举大白于天下，藩内势必陷于不可收拾的乱局当中。最好还是暗地里谨慎行事更稳妥。

“有了！求助北爪大人！”半十郎脱口而出，思来想去最后敲定，“藏身那里比此处安全！”

半十郎说着，忽地意识到问题严重，不禁掀开银次郎衣袖。虽已经过处理，包扎伤口的白布却早已被血水染红。再瞅银次郎，眼眶湿润目光迷离，似有发烧征兆。

“不缝到底不行！去了那边一定叫外科大夫来！”半十郎扔下句“你且躺下现在去喊帮手来”，便出了屋子。他由银次郎的话断定，要去御番头北爪平九郎府，路上必须有人护卫。

“赶紧将近习组的饭塚孙之丞唤来！”半十郎吩咐完伊助转身回自己房间做外出准备。隔壁的杉江像是听到了动静，探身进来。

“去去就回。”半十郎道。

“听说来人受伤了？”杉江问，“听阿笔说的，是哪位？”

“还是那个石桥银次郎。有事情一个人应付不来，要护送到御番头北爪大人处。”

“路上有危险？”

“现在正唤饭塚孙之丞来此。有孙之丞护卫，无须担心。”

“多加小心速去速回！也没跟石桥大人见礼。”杉江道。杉江脸色依然苍白，说话却很有条理。

“好，这就走！”半十郎刚要离开，忽又回身道，“出门后如有人来，要说今夜没来任何人，主人已入睡。即便这样仍欲强行闯入的话……”半十郎目光锐利地盯着杉江，“亮刀挡住！”

“明白，尽管放心！”杉江道。说话时，杉江因瞬间的情绪高扬涨红了面庞。

二

外科大夫将银次郎的伤口重新处理妥当后告辞，北爪家的客厅里只剩下主人平九郎、半十郎与银次郎三人。饭塚孙之丞从一直护卫着的门前直接回去了。

“那就说说吧！”平九郎道。

看来银次郎到底还是发起了烧，小伙子面色潮红，坐都坐不住的样子。

“不舒服？”半十郎轻声问银次郎。

安全护送银次郎至北爪府中，今夜的目的已达成一半。因担心伤势恶化，半十郎觉得那事关重大的秘密是不是明天再说也无妨。尽管与伤者并不怎么合得来，可见其伤情严重，还是生出了同情心，“太难受的话，话留到明天再说？”

看看御番头想征得同意，平九郎却摇摇头，语气冷酷无情：“现在马上讲！说完就让你安安稳稳地歇着。”

半十郎苦笑一声道：“请给杯水。”银次郎将家士端来的水咕嘟咕嘟一饮而尽，当即道出实情。

“在下来此地的近一年前，一天夜里，有位叫中迫的奥医师[1]在江户府邸自杀身亡。”银次郎道。

奥医师中迫道伦，就职于江户上府邸，是为藩主把脉诊疗、享受一百五十石俸禄的御医。原本在江户受雇于定府[2]，后因深得藩主信赖，也加入参勤行列，屡随藩主回乡，半十郎还记得中迫的相貌。

这位中迫于拜领的府邸内长屋中自尽一事，不仅半十郎，北爪平九郎也听说过，因此当银次郎说起这事时，两人都默不作声静等下文。而接下来银次郎说出的一番话，却惊得两人目瞪口呆面面相觑。

---

1. 奥医师：医官，藩主或其家庭的御医。
2. 定府：江户时代长驻江户的大名。

“连续几天，风传中迫长期在府邸内向主公下毒。”

“负责调查的是什么人？”

“据说是一位名叫松宫的御徒目付。毕竟自裁的是为主公诊御脉的医师，江户府邸内，在家老大人的指挥下进行了详尽细致的调查，很可能那风传的流言就从这如此严苛的调查中生出。”银次郎说着缓缓扫视两人，“流言传了两三天便戛然而止。当然所有这些，都是从家父大人那里一字不落地听说而来。当时在下忙于研习神道无念流而无暇他顾，对府邸里的事情不感兴趣。”

“本番头对这松宫徒目付略知一二。”北爪一副万事通的样子宣称道，“笠松六左卫门供职町奉行时，松宫在其麾下，同根岸晋作一样都是极有才能之人。笠松隐退后，松宫的确如由利所愿，常驻江户府邸。”

由利是指长期服侍江户家老左右的由利万之助。加上这些注释后，平九郎令银次郎继续。

“一般认为中迫事件至此尘埃落定，也就是看似被当作恶意谣言清理掉了。之后过了约半年，这次从另一方面传出了更为离奇的消息。”

传言以前受门户清理、放逐领外处分、流落他乡的望月家族血亲，暗中被召至江户与侧用人石渡新三郎见了面，而且双方的密谈与早先发生的中迫道伦自尽一案有关联。

这传言并没像上次两三天便烟消云散，而是私底下窃窃议论了约莫一个月，不过有才之士石渡视谣言如耳旁风，从容镇定地来往于江户府邸内拜领的官宅与表御殿[1]之间，没过太久传言自然也就平息了下去。

银次郎记忆中，之后出入自家的人数骤然增加。

石桥家世代任职定府御留守居，宅院位于藩邸之外，当家人濑左卫门由此至藩邸出勤。家里频繁来人聚集密谈，如方才所言，是从侧用人石渡偷偷与已成无主之族的望月家的血亲会面这一传闻稍稍平息之时开始的。

聚集而来的并非全是供职江户府邸之辈，有时会有行装污浊风尘仆仆的旅人突然出现在玄关前，一眼便知刚从采邑赶来，并且之后数日都会滞留于石桥家。

“是采邑的兄长大人派来的信使。”母亲久仁这样应答银次郎的疑问，显然母亲并不清楚信的内容。

而且众人在门户紧闭的内客厅密谈，女孩子自不必说，甚至不许银次郎窥视一眼，气氛何等紧张可想而知。采邑来信使

1. 表御殿：处理公务、举行仪式的正殿。

时，到石桥家密会的人数更是急剧增加。主持会议的并非银次郎父亲，而是御世子付头役[1]河村金吾。金吾乃小出派组头河村作左卫门之嫡子。

这一系列事件的真相基本明朗，是在银次郎奉舅父之命要动身回采邑之时。临行前，父亲濑左卫门大致讲述了事情经过。

“虽说事关机密，可若不了解情况，你到那边却也难有作为。”

切不可外传！濑左卫门下了命令，随后道出实情。

怀疑自裁的中迫向主公下毒的传言中，有两种说法，一是中迫死前就此事留下遗书；二是中迫在平日呈给主公的药中加入致死量的毒剂后服下，这样便可以死暗示毒害主公的事实。濑左卫门认为，无论哪种说法，下毒都是明白无误的。那中迫背后的主使又是谁，藩主身边众亲信当然心生疑问。

“至于主使，小出大人的嫌疑首当其冲。”

据传侧用人石渡新三郎曾当着第三人的面对由利家老直言不讳。姑且不论传言真伪，江户家老由利携手石渡新三郎与采邑取得联系的同时，也调查到小出带刀和中迫道伦之间的关联的确属实。

1. 御世子付头役：世子身边的高职位人员。

对小出家老表示怀疑的，既有负责查访中迫周边的徒目付松宫，也包括传言遭御医下毒的藩主本人。

“主公本人?!”

还没认识到事态严重性的银次郎反问，他确实被父亲这番话惊住了。

“这便是江户府邸内小出派探听到的风声，同样真假难辨。”濑左卫门道，“只是石渡新三郎大人的表态实在大胆，说话也毫不隐讳，莫非调查背后有主公撑腰？事实上透露出这种猜测的不止一人。”

“……”

“况且主公与带刀大人素来不和一事众所周知，你可知晓？”

“不知。”

“且不说表面如何，君臣关系实际上势同水火，个中原因很可能就在谪居采邑并已沦为无主之族的望月身上。”

讲到这里，濑左卫门似乎在犹豫是接着说下去还是就此打住，最终再次叮嘱不可外传后继续道。

“大约四年前，江户府邸的某位要员——此人于派系争夺中一直保持中立——在归乡临行前最为繁忙之时将为父唤至其官宅处，为的是透露一个秘密，而这秘密乃某日只有主公与此要员在座时主公亲口所言。”

“……”

“望月一案，中了小出的计！”

“听此人讲，主公的话没头没脑，像是突然想起似的脱口而出，而说话时确也面呈愠色。就一句话。这位要员要为父自行决定是否将主公之言透露给带刀，但绝不可提及其姓名。”

“那父亲大人……”

“为父踌躇良久，思来想去还是告诉了带刀大人。主公与带刀大人关系紧张就是自那时起。”濑左卫门道，接着又低语：“带刀对石渡大人召集望月遗族展开调查一事表现得耿耿于怀也在此时。”

“据说，遭到暗算的望月四郎右卫门大人固然生性倨傲，却也极有才干，执掌藩政干劲十足。四郎右卫门大人遇刺后，主公列举出三大罪状将望月灭门，其中一条便是执政有失偏颇。带刀大人当时乃辅佐四郎右卫门大人管理藩政之家老，主公所言中计内情自是无从知晓……”濑左卫门重重地叹了口气，“有关处置望月家一事，带刀大人是不是暗地里扮演了什么见不得人的角色，不能不令人担忧。”

“主公已有所觉察？”

“正是。”濑左卫门目不转睛地盯着银次郎，“隐隐约约。当然，中计之说非同小可。虽说也有可能是主公误会。不过，以这一经过为背景来审视本次事件，带刀大人必定怀有什么不可告人之秘密，只是秘密尚未败露便对主公先行下手实在不可思议！”

“怎会如此胆大包天……”

“为父也觉得不会。可听说这次调查发现，自裁的中迫与以前所知截然不同，这位御医是经带刀大人私下推举进入藩邸的。”濑左卫门一脸疲惫，旋即又强打精神，“既然带刀大人要你回采邑助一臂之力，你当然要回去相助。不过事已至此，开诚布公倒也无妨，你母亲是小出家庶出，带刀大人对吾等，远不如吾等对带刀大人那般尊敬。当立于选择主公还是带刀大人的岔道上时……”濑左卫门再次目不转睛地盯住银次郎，“石桥家乃主公的家臣，要毫不犹豫地追随主公！”

“来此地后发生的事您都知道了。”银次郎道。

“至于为何查访‘马骨’，舅父给出了另外的理由，总之就是找到杀手。简单说来，因置主公于死地的阴谋中途败露，现在反轮到自己担心遭暗杀了。其实已能看出舅父内心战战兢兢极度恐慌，见舅父这般模样，便可想象江户传言绝非无中生有。到底算有血缘关系，心里可怜舅父眼下处境，便奉令拼尽全力为其卖命。”银次郎凄惨地一笑，“但因在下没能找出‘马骨’杀手，到头来落得个被舅父斥为无用之辈的下场。”

“所谓‘马骨’杀手，本来就不存在！”北爪平九郎道，随后将目光移向半十郎，“可谓惊天秘密！”

半十郎虽有同感，却出言谨慎：“此事若属实，倒真可谓惊天秘密，只是尚无确证。”

“这样应对未免太轻率！”银次郎毫不客气地插嘴道，“主公归乡指日可待，石渡大人稍稍先于主公返回。日前江户方面给舅父发来密函称，从未间断的望月事件调查已至最后关头，末了会在当地做个了结。石渡大人归乡后应该即刻与什么人私下会晤，尽管对方身份不明。”

“……”

“舅父也预料到这一步，已准备好杀手静等石渡大人归乡。”

“赤松？”半十郎问，银次郎点头。

“不错，赤松织卫！请多加小心！通盘考量下来，舅父与望月事件的暗中关联一旦暴露于光天化日之下，势必身败名裂！”

银次郎合上眼，看似已相当疲惫。起初泛红的脸上，现在尽显苍白，额头上也渗出一层薄汗。银次郎睁开眼，像是用尽了最后一丝气力道：“该说的都说了，毫无隐瞒，请一定遵守刚才的约定！”

“不必担心！”北爪道，“马上安排，不会让任何人碰你或你家人一根汗毛。有劳透露内情，现在尽可安心休养。”

三

“听德兵卫回来说，杉江情况好转了许多。”妻兄谷村新兵卫道，“说待人接物都正常，也不像以前那么怕见人了。母亲大人说这样就暂且放心了。听说还是面色不佳？”

德兵卫是谷村家的家仆，常被杉江母亲打发过来探望杉江。

“气色还不太好，身子也瘦……”半十郎道，“德兵卫说的不错，近来好转了许多，能帮着换衣服也能照顾起居饮食了。相比以前看都不愿看我，真是天壤之别。不过，仍不能说完全复原，总觉得……”

半十郎急躁起来，在额前竖起一根手指转圈比画着道：“总觉得在哪里还留有阴影，什么阴影说不清楚。所以虽见她脸色难看言语阴郁，却无能为力。”

“你也辛苦了。”

“什么话！恢复到这般模样已是不幸中的万幸，如此想来，只能从长计议了。”

两人经三环一隅走向三岔路口栅门。虽是离城时刻，因大半藩士奔往护城河正面木门还有武家町居多的北出口木门方向，故两人走过的这一带倒很清静。三环土居[1]内侧的树木散发着嫩叶的芳香，已近黄昏的夕阳将余晖直直地洒向那里。

“你那边怎样？”半十郎转向新兵卫，“听说到底入了杉原派，感觉如何？”

“嗯，不坏。”新兵卫像是稍稍挺起胸道，“在同派聚会上见过原家老两次，的确是个人物！虽说与小出派针锋相对，却毫无死板尖刻之态，很是大度有容。”

“哦。”

“家老这样告诫我等。天下有道即现无道即隐，我派只要从从容容等待时机养精蓄锐就好，切忌急躁冒进。”

“应该预见到了早晚有杉原派出头之日。”

“正是如此。听到这话心里踏实了不少，甚至想若是早点入派该多好。”

“原家老大人身体状况如何？”

1. 土居：用土堆起的围墙。

“精神着哪！像是已完全康复！那你怎样？”新兵卫问，“听说脱离了小出派，不加入这边？”

“并非一来一去这么简单。”

“那倒也是。”新兵卫表示理解。交往已久，非常了解半十郎的性格。

而半十郎心中的感受比新兵卫刚做的道义上的解释还要稍复杂一些。

——有些什么还没消停下来。半十郎心里仍七上八下。具体说，这尚未消停下来的什么，便是秘太刀“马骨”。

“施展这一刀法之人，根本就不存在！”应当与“马骨”关系极为密切的北爪平九郎言之凿凿地宣称。石桥银次郎则放弃查访“马骨”，已返回江户。

但半十郎确信有这么位秘太刀“马骨”杀手。他已击金立誓不向他人透露，并且无法怀疑笠松六左卫门的证言。而且半十郎认为，小出带刀也仍坚信“马骨”杀手存在。

尽管石桥银次郎说，为除掉石渡新三郎，小出家老雇来赤松织卫做杀手，但在半十郎看来，这只是事情的一种可能，小出也可能雇赤松来对付“马骨”。只是就算考虑到了这一步，也还留有疑问——这样考虑到底合适与否？

严格说来，施展“马骨”杀死望月的是小出本人的可能性也并未完全排除。若真如此，那咬定秘太刀杀手尚未现身、装出胆战心惊的样子命人查访“马骨”，完全是小出家老编排的一出大戏。至于为何如此，当然是为消除自身嫌疑。那风传的藩主所言“中了小出的计”，又有何指呢？

半十郎希望把握此事的全部真相，兴趣不再只是单纯地查明秘太刀杀手。秘太刀“马骨”乃正义之剑抑或是邪恶之剑？再度现身时，“马骨”猎杀的目标是小出家老？是石渡？还是藩主？

更进一步讲，断定另一派阀之首的杉原忠兵卫与暗杀望月事件一概无关是否正确呢？望月遇刺大权旁落，取而代之一手执掌藩政的可是杉原啊！再现之时，“马骨”仍不能将这诸多疑问一一解密吗？

半十郎期待看到事件完结。不厘清这些问题，自己绝不会加入派阀纷争中。

“另外……”过了三岔路口栅门临近告别时，新兵卫忽地压低语声，“昨夜同派聚会偶然听说……”

“嗯？”

“听说侧用人大人后天归乡。”

半十郎驻足看看新兵卫，心中一紧，感到仿佛山雨欲来。

石桥银次郎在北爪府养了三四天伤，已于八天前由冲山茂兵卫、长坂权平、饭塚孙之丞等一干昔日劲敌——一旦与之结盟，则没有比这帮高手更令人心安的盟友了——护送至关卡处返回江户。

据银次郎留下的线索可知，赤松织卫这个来历不明的剑客正守株待兔，静候即将归乡的石渡新三郎。新兵卫提及石渡动向时压低嗓门，想必是因为私底下有关侧用人的归乡已在藩中传得满城风雨，不过新兵卫应该不知道赤松的存在。

“新兵卫，”半十郎警告妻兄，“方才所言之事，不要到处多嘴为妙！”

四

侧用人石渡新三郎归乡当天便会见了当月轮值家老，要求翌日召开执政会议。于是第二天八时（下午两点）在城中举行执政会议，再次解释了藩主迟归缘由、传达了归乡预定时日及藩主口谕后，石渡便躲进堀端自己的宅邸中足不出户。

浅沼半十郎了解到的石渡新三郎的动向仅此而已，但仅隔数日后，深夜被叫至山吹町北爪平九郎府时，事态骤然恶化。

北爪平九郎横卧在榻，脸上手上缠满纱布，比日前银次郎的状况还惨。半十郎惊道:“您这是怎么了?!”

“嗯——吃了败仗……”平九郎呻吟道。

“敌手是赤松?”

“正是！有些小瞧了那厮。本番头只是挂点彩，冲山却丢了性命。”

“什么?!”

半十郎木呆呆地盯着平九郎。冲山茂兵卫安稳的神态、温和的言语历历在目，半十郎一时间难以接受。

“起因是石渡新三郎秘密前来要求本番头为其护卫，”平九郎道，“石渡说夜晚安排外出，希望有人保护其人身安全，但切勿张扬，需隐秘行事。”

平九郎深思熟虑后，决定由自己与冲山茂兵卫两人为石渡充当一夜保镖。

“考虑过多加一人是不是更稳妥。可内藤半左卫门年事已高，白天倒好说，夜里将其拖出来做保镖实在于心不忍。长坂权平近来与妻子琴瑟和谐，不便惊扰。饭塚孙之丞正忙着与加治家的闺女谈婚论嫁，不可令其受伤。如此这般，与茂兵卫商量后，便将此三人排除在外。”

“……”

“问茂兵卫意下如何，答曰：这样就好，有两人足可确保无虞。而且还说……”

年轻时于江户藩邸供职，知道藩邸所在町之一角有间名为赤松的町道场，但与赤松织卫并不相识。冲山茂兵卫讲述起这段往事。

茂兵卫说，记得当时有几个家臣每天往复于那个破败狭小的道场。不清楚道场现在还有没有，但赤松织卫无疑与那道场有着亲缘关系。门派是今枝流。

掌握的情况就这些，倒也大体了解防范手段，感觉能应对得来。

“茂兵卫言语谨慎一如既往，话里透着自信，最后却是这么个结果。赤松的剑法阴险也好毒辣也罢，总之是前所未见的奇剑。为死保石渡大人，茂兵卫使出了浑身解数。”

“那石渡大人……”

“平安无事。冲山茂兵卫不愧为防御高手，豁出性命连番抵挡奇剑之袭。若无茂兵卫相助，石渡大人恐怕凶多吉少。”

北爪平九郎说到此处合上眼睛，旋即又双目圆睁转向半十郎：“深夜请你来此并非只为缅怀茂兵卫，其实有秘事相托。”

“何事？”

“孙之丞与权平已怒不可遏。”平九郎道，“说不活埋了赤松织卫就无颜去茂兵卫坟前祭奠。扬言不管白天黑夜，只要撞见就立马拼个你死我活。本番头担心如此丧失理性，复仇不成反遭暗算。而且还担心一事。”

“事件绝不可公开……”

“正是正是！内藤老人亦因此事大发雷霆，较年轻人有过之而无不及，连本番头也被痛斥一番，说战前轻敌乃北爪之过！好在老人经验丰富处事老到，现已悟出事态玄机，便再三告诫两个年轻人不可造次。孙之丞与权平佯装遵命，心里却毫无服从之意。”

“哦——”

“当然本番头与内藤老人都不会让赤松活着逃离领地，一定要瞅机会取了这怪物的性命，但现在不妥，极为不妥。”

“因主公归乡也迫在眉睫？”

“非也。通过这次安全护卫了解到，石渡大人似乎已与主公达成密约正有所动作，所获权限也超乎寻常。恐怕主公归乡前，更有第二第三次行动。假定确是如此，吾等不应无端妨碍藩主行事。”

"哦！那……"

"那两人在小出家老或赤松身边转来转去，会给石渡大人添乱。因此托你出面——你是孙之丞上司，比起同门师兄，你的话更管用。制止两人！"

"任务艰巨！"

"请去喝止两人，切莫轻举妄动！就算这样，那俩小子免不了半夜还会偷偷摸摸去伺机收拾赤松。对策是本番头派家人监视两人，如有异常举动，即刻通报与你。"

"遵命！"到底能不能摁得住血冲顶门的两人呢？平九郎的担心可想而知，"按您吩咐，全力以赴！"

"拜托！"平九郎缠着白纱布的脸上露出放下心来的表情。只因实在无他人可托，平九郎道，"总算能安心静卧片刻了。"

"敢问……"半十郎压低声音，"石渡大人日前那夜去了何处？"

平九郎没有马上回答。先是目光锐利地凝视半十郎，见半十郎不但不移开视线反而迎视过来，旋即又阴笑起来，"要先领赏吗，半十郎？"

"岂敢。"半十郎也微微一笑，"岂敢妄言领赏。不予适当揭秘，恐难压服两人。"

“这可是绝密。”

“当然。”

“寺前町后街有三栋长屋叫权十长屋，石渡大人前去拜访了居于其中一间的一个名叫喜作的人。”

“何许人也？”

“稻米批发商，淡路屋原掌柜。”

“啊，原来如此！”半十郎恍然大悟。淡路屋乃望月四郎右卫门家遭灭门时一并被问罪的人家，非但家宅被没收，还被放逐到了领外。听说与望月家交往过密，不过半十郎并不清楚其罪名为何。

“那掌柜留在了城下？”

“非也。喜作当时受主家罪责株连被逐出城下，并因此身染重病，呈上请愿后，藩里似乎已于大约两年前赦免其罪准许其住在御城下。只是位孤身老人嘛。这事仅极少数人知情，当然本番头也刚获悉。”

“您不清楚石渡大人在那里谈了什么？”

“自然不清楚，本番头与冲山在外警戒，不过……”北爪仰视顶棚，“看似成果颇丰哪！那位一向以冷静著称的石渡大人一到大街上就嘟哝：‘果然不出主公所料！’兴奋难抑的样子。”

“呀，到底是何事？”

见半十郎催促，平九郎又现出阴笑道：“想听听？”

“当然！”

“听完这些，可就彻底陷于藩内秘事当中了。”

“已然骑虎难下。”

平九郎嘿嘿笑了两声道：“听了石桥银次郎那番话后，本番头便四处活动调查望月事件。所谓执政有失偏颇，言辞模棱含糊，详情通通没有公开，其实望月的主要罪状是贪污公款，就是长年从也包括藩主家费用在内的藩政运营公费中侵吞一定数目的钱款。”

将领地内收缴上来的贡米支付给藩士，剩余约三万袋冲出（出口）至京都，贡米售款便是藩政公费来源。尽管其他途径也有收入，但藩财政的大头仍是当年的贡米售款。

开展这项业务的是御藏方[1]、勘定方等众多藩士，而从贡米冲出到在京销售，一手包揽实务的却是淡路屋。

“这淡路屋与望月联手，可谓无所不能。另外小出带刀大人当时就是派内首屈一指的实力人物，小出大人与淡路屋联

1. 藏方：管理仓库，掌管金钱、谷物、器材出纳之职。

合同样手眼通天。比方说吧，于冲出业务等重要职位上安插小出派的人，肯定易如反掌。”

“……”

“本番头查明的情况大体就是这些，中了小出的计、不出主公所料等只言片语虽说与此不无关联，事件真相依然不明。啊，对了对了，还听到一事，耐人寻味。”北爪平九郎道，“不知是望月遇刺之时还是之后，听说有份告密文书送到了主公面前，有人说其内容便是揭发望月恃权私吞贡米冲出售款。”

五

“好了！今夜平安无事，回去！因为这误了明天登城可不轻饶你！”

浅沼半十郎不留情面地教训道，饭塚孙之丞嘴上答应着却毫无动身的意思。至于长坂权平，更只是回身抬脸瞥了半十郎一眼，哼都没哼一声。黑暗中看不分明，肯定给了半十郎一个白眼。

孙之丞站着，脚边蹲伏着权平。两人面冲着藏身地斜对面的小出带刀宅邸。那宅邸看来还没入睡，院墙上隐约有灯光闪动。

五时（晚上八点）刚过，半十郎正要睡下，接到北爪府一个名叫金藏的小跑腿的通知，急忙赶来察看，便是眼前这番情景。

半十郎又对权平招呼道："长坂，北爪大人不是说过不可乱来？还说要等他伤势复原，轻举妄动对谁都不利！"

"在下没什么……"长坂权平嘴里叽叽咕咕，答话也没起身，依然只顾面冲小出宅邸方向蹲伏在地，根本没正儿八经听半十郎说话。

半十郎不由火冒三丈。

"没什么目的，用不着久留此处，快！还不回去?!"

半十郎说话间，小出宅邸院门内侧忽地灯火通明。接着，便门大开，两人出门到了街上。提灯笼的是赤松织卫，其特异的面相在夜里也不会看错。另有一人，正是家老小出带刀。

两人大摇大摆地走着，像是要去河岸方向。长坂权平缓缓站起，举起紧抓在左手中的刀，"噗"地向刀柄上啐了口唾沫，打湿目钉[1]佩到腰上。孙之丞的动作也一模一样。

半十郎自己也一边解刀绳一边急道："家老在场！不能出手，

---

1. 目钉：将刀身扣在刀柄上的钉子。

只可跟踪！”

两人没吱声，在半十郎身前无声地尾随着走在前面的两人。

——这俩小子！……

半十郎突然感到怒气直冲顶门，把本官当什么了?！绝不能让他们肆意妄为！

这股怒火随着前二后三一行人到达五间川河边又沿河北上时，才多少消了些。前面两人并未过桥。

——那两人究竟要……

这深更半夜的到底要去哪里？一丝隐忧开始萌发。

千鸟桥前，半十郎他们与走在前面的两人拉开距离，盯紧赤松与家老拐进左侧商人町大街后才追赶上去。

五间川恰好在这里缓缓向东转去，转弯处正处于南北走向的千鸟桥北桥头，桥头的长明灯照亮了桥下船坞。三人怕行踪被灯光暴露。

估摸着距离拐入商人町的巴町。照到町入口附近的长明灯灯光已非常微弱，所有店铺都打了烊，街町一片漆黑。远处，赤松手中的灯笼在移动着，赤松与家老沿着笔直的街道继续向北行进。巴町前方是雁金町、甚兵卫町，跟踪到这里，半十郎感觉顺沿河路向北走时萌生的担心此时此刻一举膨胀开来。

沿雁金町与甚兵卫町之间的街道向右拐即至寺前町，权十长屋就位于寺前町后街。半十郎紧张地屏住呼吸，莫非两人要奔那里？

“孙之丞、权平，来！”

半十郎将两人唤至商户檐下道：“大概你们听北爪大人说了，寺前町后街有位藩主方面的重要证人，如果家老与赤松去那里，证人可能会凶多吉少。”突然间担负起的重任压得半十郎胸口剧痛，语声都尖厉了许多。

“不能任其杀害证人！万不得已时我拘捕家老，你们对付赤松！当心心急误事，等我信号到最后一刻！提高警惕，赤松相当狠毒！”

两人一声不吭地听完，孙之丞道声“交与我等”。三人为缩短与前面灯笼的距离，蹑手蹑脚地跑过黑漆漆的街町。

果然，灯笼在前方向右一偏，转眼不见了踪影，是拐了弯。三人追过去，这里正是寺前町入口。静观路中央晃晃悠悠的灯笼前行片刻后，半十郎他们也悄无声息地跟进了寺前町。

寺前町里杂乱无章。靠近连接雁金町、甚兵卫町大街处并排的是许多关门大吉的店铺，偶尔有几家像模像样的商铺夹杂其间，往街里走，道路两边匠人开的店铺才多起来。

然而匠人町这一印象随着在街尽头转入后街又突然改变，这里混杂了权十长屋模样的建筑、终日鼓声不绝的什么教派的祈祷所与空地，等等，给人的整体感觉是一下子到了一片尚未开发的町外之地。町尽头，排列着五栋城里普请组的工具小屋，尤为扎眼。

眼下町外町内都已进入梦乡。在这深夜，在这街巷暗处，统领一藩的家老携护卫密行于此，终究诡异，亦可视为家老在穷途末路中乱了章法。半十郎坚信自己对其意图的推测。

小出家老要弄清窝居此处的老人对日前深夜来访的石渡新三郎说了什么。一旦查明，恐怕就会对这位淡路屋原掌柜心生杀意。

如果半十郎这一推测正确，那北爪口中侵吞公款的罪魁祸首应是小出带刀，为隐瞒其罪行，小出暗中做手脚使犯罪事实看起来恰如望月所为，同时诱骗与望月脾气不合的藩主中计。那么淡路屋原掌柜便是能够证言淡路屋到底与谁联手的证人。

然而，究竟确是这样还是另有隐情，正如方才半十郎对两人所言，一定要密切监视至最后一刻。现在家老已进了被认定为原掌柜住处的一家住户，假如只是会会面便返回就不应动手，任其归去不予惊扰，也不许两人对赤松下手。

打定主意，虽紧张得满头大汗，心里却踏实下来。半十郎隐身于一棵靠近权十长屋的大辛夷树阴影下，一动不动地注视着家老走进的住户。赤松手提灯笼站在门前，也没有四下窥探的举动，石像一般不声不响地伫立着。

观望间，家老从门里现身而出。家老一到外面，便伸手接过赤松手中灯笼，接着抬右手轻轻一挥。赤松像是点了点头，短刀已紧握于搭在腰间的右手中，大踏步冲向门口。

“孙之丞、权平！”先于半十郎招呼的瞬间，从并排的三栋长屋尽头，好似刮出一股黑风。眼见一条黑影挑飞了赤松手中刀，从小出家老身边一闪而过，又经半十郎等三人藏身的大树前飞奔而去。俨然一股黑色飓风呼啸而过，只留下一片令人窒息的空寂。

就在此时，传来“呀——”的一声长啸，是赤松。灯笼落地燃烧，火光中赤松跪伏在倒地不起的小出家老身旁，旋即又一跃而起跨步飞奔而去，想必要去追那黑影。

“权平照顾家老！孙之丞跟我来！”

半十郎言罢起身追向两人，孙之丞紧随其后。

——什么人?!

半十郎脑中思索脚步不停。如果是什么“人”，刚才那一袭黑衣包裹周身的“人”，必定是石渡新三郎安排的淡路屋原掌柜的护卫。可这样就有个疑问，石渡何不一开始就用方才之人做日前那夜的护卫？

一瞬间解除赤松织卫武装、刺倒家老的剑招，真乃神技！令人目不暇接！事实上半十郎根本没看到此人出刀！

“看到家老被刺了？”半十郎边跑边问，孙之丞说没有。

“猜到是谁了？”

“猜不到。”孙之丞答。

两人奔至雁金町大街中段。街尽头前方远处，千鸟桥头的长明灯灯光模糊，莫非心理作用？感觉前方飞奔而去的两个身影时隐时现。

不过这并非视觉错乱，当半十郎与孙之丞追到巴町时，跑在前面的两人的身姿已清晰可辨。黑衣人疾步如飞，转眼间已要跨上千鸟桥。赤松在后拼命追赶，却总也无法缩短距离。

“噢！”

半十郎收住脚，见黑衣人于桥头停下回身面向赤松。黑衣人缓缓垂下双臂，准备迎击。

赤松也停下脚步，接着慢慢走向黑衣人。尽管二者间尚距近三十多米，赤松的步伐却是慎之又慎。

“稍稍近前观战。”半十郎轻声道，略加思索后又道，“可视情况助那人一臂之力。”饭塚孙之丞没吱声，但已手按刀柄准备出鞘。或许该趁此良机干掉赤松！

两人摸至距桥头约十七八米时，突闻一声大喝，两位剑客已战在一处。赤松长身利刃一招接一招劈刺而出，黑衣人巧妙防御见招拆招一一化解，时而迅敏闪避时而举刀还击，气定神闲纹丝不乱。

观战中的半十郎手心里却捏了一把汗，冲山茂兵卫就在不断的防守招架中丢了性命。半十郎想起北爪之言，对身旁的孙之丞道：

“看样子不占上风。”

“并非如此，守中有攻攻守有序。”孙之丞喃喃答道。半十郎也渐渐看清了孙之丞所言的守中有攻。黑衣人并非单纯招架，接招瞬间也在疾速反击，并切切实实地击中了赤松的前臂、上臂、肩头等部位。赤松右手腕处乌黑一片，可知正血流不止。

此时，赤松的诡异剑招开始显现。明明看似迎头劈下，刀尖却出其不意由下向上挑起；明明看似撤步退后，锋利的刀尖却突然袭近前来。一时间，黑衣人被步步紧逼到了栏杆边缘。

蹊跷的是，厮杀中负伤的竟是赤松！黑衣人总能游刃有余地摆脱险境，防守固若金汤。

“赤松正遭戏弄！”孙之丞低语时，赤松织卫快速与对手拉开间距。或许赤松已意识到此前对战中自己身处不利，有意以必杀技一击搏生死。

赤松犬吠般怪叫一声移步向前，黑衣人正眼应招；赤松举刀过顶继而刀尖下刺，黑衣人则正面迎击杀到身前的赤松。

只见黑衣人刀光一闪，向空中高高地画出圆弧，就在同一刻，黑衣人似乎单膝弯曲了一下。半十郎看清的仅此而已。赤松身体丧失支撑般向前仆倒，不知何时黑衣人已移身至距赤松三四米远，持刀正眼而立。

黑衣人动也不动地盯着倒下的赤松片刻后，拭净血污还刀入鞘，接着蹲身将擦血的白纸塞进赤松衣袖内藏妥。黑衣人收拾停当站起，突然转身面向半十郎与孙之丞隐藏之地。

黑衣人呼吸急促肩部剧烈起伏，能看清黑衣人胸口处，衣领部位被划开了一道大口子，像个横写的“一”字。尽管孙之丞说赤松遭黑衣人戏弄，但显然黑衣人也在刚才的厮杀中勉强死里逃生。

黑衣人还在头巾下盯着这边。长久的凝视。在这凝视下，半十郎忽觉毛骨悚然，全身血液仿佛冻住。这时黑衣人急速转身快步过桥，刹那间消失在前方街町的黑暗中。

半十郎长吁一口气，催孙之丞出隐蔽处行至尸体旁。用不着蹲下查验即可判明赤松颈部连骨头都被斩断。黑衣人施展了秘太刀“马骨”。一目了然。

见此情景，孙之丞也满脸震惊。

“知道刚才那人是谁了？”沉默片刻后，半十郎问。

孙之丞连声嘟哝“啊，大概”。随后又稍稍犹豫起来，语气一变：“只是属下不愿道出此人名姓。”

“那我说？”半十郎道。

黑衣人不胖不瘦极不显眼。体型虽与孙之丞相似，当然不会是孙之丞。冲山茂兵卫已死、北爪平九郎受伤卧床、内藤半左卫门身材高大、长坂权平眼下正在寺前町后街。

半十郎曾长时间怀疑矢野家家仆兼子庄六乃秘太刀传人，但庄六矮小微胖，用刀时稍稍驼背。就以这样的姿态与长坂权平木刀对练的那个异常壮烈的夜晚，至今历历在目。黑衣人亦非兼子庄六。

身材与饭塚孙之丞相仿，又有机会在名剑士仁八郎生前获传秘太刀的，只有矢野藤藏！

“是藤藏大人。所见略同？”

孙之丞没有应答半十郎的问话，默默点头。

——是矢野藤藏！为何没早些觉察?!

半十郎恍然而悟，不禁又想起矢野家习武场上藤藏与石桥银次郎的比武，以及现场充溢着的强烈杀气。

此刻半十郎再回顾那场面时终于明白，发散出杀气的并非银次郎，是否应借比武之机索性将试图探究秘太刀“马骨”之徒击毙——藤藏反复权衡间的意念，生出了那股异样的杀气！

只因半十郎在场，藤藏才转念让银次郎击中自己胸部。因何如此自不待言，只为确保“马骨”与施展“马骨”的自己深藏不露。

身为秘太刀“马骨”传人，矢野当家人藤藏才是藩主雇佣的杀手。事实确凿无疑地摆在面前，仍令半十郎震惊不已。

“不可提及‘马骨’。”半十郎叮嘱孙之丞，“方才所见一切，作为你我秘密，不可外传！无论何人！如何？”

“明白！”

“击金立誓？”

两人背对长明灯击金。伴随一声脆响，半十郎意识到秘太刀“马骨”再次被尘封于黑暗之中。

这时，沿巴町街跑来一人，是长坂权平。

“好歹赶上了！”权平道。

“小出家老大人只中一剑就断了气。该报告何处？请下令！”

全清楚了。半十郎断定，藤藏接石渡新三郎指令，当小出家老要杀害证人时便对其实施暗杀。小出家老这一系列行动恰恰招认了自己的罪行，当然石渡指令的背后必有主公的旨意。

“权平，这等情况不可公开上报。”半十郎道，“我等三人现在便去北爪大人处说明原委。由北爪大人通知家老宅邸，令其秘密接回家老大人遗体。”

“遵命！”长坂权平答应一声，这才留意到周遭充斥着的血腥气。近前桥头四五步，看了看陈尸于地的赤松织卫，权平立马扭头跑开，蹲到岸边漆黑的草丛中剧烈呕吐起来。

媳妇如愿归来，家里相安无事，但很显然权平胃弱的老毛病尚未治愈。

“真恶心！莫非这就是那‘马骨’？”抹着眼泪折回的权平看看两人，“下手的是刚才那蒙面人？”

“这个嘛——赶到时死尸就在，没见他人。”半十郎道。是啊，既然已与孙之丞击金立誓，那就没人见过秘太刀“马骨”。这么一想，半十郎心知自石桥银次郎来访开始的追查秘太刀一事，终于画上了句号。

是咧，今天夫人去寺里参拜了，前些日子老爷您答应过的。

今天没像上次那样半途而废！参拜圆圆满满，伊助我陪夫人到了吉住町结城屋客栈前。可不知咋地，平日冷冷清清的结城屋前，今天却人山人海。

往人群里一看，客栈前有个大个子浪人正吆五喝六地吓唬人。是啊，赶上了这么个世道！就是最近经常在城下见到的那个流浪汉。衣服上补丁摞着补丁，裤裙上沾满污垢尘土；大脸盘上胡子拉碴，脚下趿拉着破草鞋。又脏又臭让人想吐。

浪人一手里竟抓着个男孩，可怜的娃娃看样子也就一岁多点，绝不会超过两岁，浪人另一只手抡着一柄明晃晃的钢刀，正要挟结城屋的人干什么。结城屋的人还跪在客栈前一个劲儿地为什么事跟他赔不是，可见男娃是他家的孩子。

这且不说，浪人根本不理睬他们的赔罪，老冲人群大喊大叫提些无理要求，吵吵什么“不交出十两还是二十两的赔偿金就决不轻饶”。多半是那娃儿调皮，冒犯了那浪人。

浪人嘴里恶言恶语，还不停地把刀刃往娃儿脖子上贴，每次刀光一闪，围了一圈的婆娘们就叽叽喳喳惊叫不停。

夫人在吵闹声中一直盯着被拿作人质的男孩，男孩不知什么时候也止住哭闹不眨眼地盯着夫人。肯定是见夫人一直打量自己，注意力就从浪人身上转向了夫人。真是个聪明伶俐讨人喜爱的孩子。

看热闹的人群中有人喊："这样下去可不成！快找人去叫官差来！"浪人一定是看到了出主意的人，就嚷："要是叫来官差就刺死这娃娃。"这毫无人性的嚷声吓得人群安静下来，交头接耳的人都大气儿不敢喘了。

"伊助，木刀！"夫人对小的说。小的赶紧摇头。从夫人脸色还有严厉的口气就知道，夫人打算救下男孩。虽说浪人长年流浪形容枯槁，可毕竟是个身佩双刀的彪形大汉啊！小的就恳求夫人莫管闲事。

夫人怒叱叫小的闪开！夺去木刀提起衣摆掖在带下，光了袜底分开人群挤到前面。

结城屋前鸦雀无声，连浪人也在看到夫人的一瞬间目瞪口呆。夫人根本不管这些，一言不发疾步前冲，轻喝一声击中浪人肩膀。出手神速防不胜防。

浪人嗷嗷怪叫，松手放开孩子，凶神恶煞般向夫人杀来。吓得小的差点闭上眼，夫人却寸步不让，低身钻过剑下，那身法！牛若丸[1]一般！两人错过身子回头再战时，夫人又旋风似的闪到跟前，这次脆响一声，打中了对方前臂。浪人手松刀落，慌慌张张拾起刀，头也不回地逃跑啦。

夫人把木刀还给小的，满脸是笑。

“耽搁了不少工夫。快！快回去为老爷准备晚饭，不然……”

夫人声音柔和沉稳，脸上精神焕发气色极佳，长年黯淡不快的神情一扫而光！

在小的眼里，夫人跟以前完全一样！没错，大病痊愈啦！

小的一个家仆说这些话，八成要挨老爷您骂。大概夫人刚才在结城屋男孩身上看到了少爷的影子，凭自己的力量救男孩脱险，心里也轻快啦！

从前的夫人又回来啦！小的跟在夫人身后走在街上，想着想着，眼泪就下来了，真难为情！这不，候在门前扫地等老爷您出城回来，哪怕一刻也好，就想早些跟您说说今天这事儿！

老爷，夫人再也不是病人啦！您一进院子立马明白！

1. 牛若丸：源义经的乳名。源义经（1159—1189），日本传奇英雄，平安时代末期名将。

图书在版编目（CIP）数据
秘太刀马骨 /（日）藤泽周平著；纪鑫译．—南京：译林出版社，2019.8
（藤泽周平作品）
ISBN 978-7-5447-7514-4

I.①秘… II.①藤… ②纪… III.①长篇小说－日本－现代 IV.①I313.45

中国版本图书馆 CIP 数据核字（2018）第 210176 号

HIDACHI UMA NO HONE by FUJISAWA Shuhei

Original Japanese edition published by Bungeishunju Ltd., Japan
Chinese (in simplified characters only) translation rights in PRC reserved by Yilin Press, Ltd under the license granted by ENDO Nobuko, Japan arranged with Bungeishunju Ltd., Japan through Haii AS International Co., Ltd., Taiwan.

著作权合同登记号　图字：10-2014-369 号

秘太刀马骨　［日本］藤泽周平／著　纪　鑫／译

责任编辑　王　玥
装帧设计　金　泉　沈长磊
校　　对　蒋　燕
责任印制　颜　亮

原文出版　文艺春秋，1995
出版发行　译林出版社
地　　址　南京市湖南路 1 号 A 楼
邮　　箱　yilin@yilin.com
网　　址　www.yilin.com
市场热线　025-86633278
排　　版　南京展望文化发展有限公司
印　　刷　恒美印务（广州）有限公司
开　　本　850 毫米 ×1168 毫米　1/32
印　　张　8.625
插　　页　4
版　　次　2019 年 8 月第 1 版　2019 年 8 月第 1 次印刷
书　　号　ISBN 978-7-5447-7514-4
定　　价　55.00 元